魔法科高中的劣等生 1
The irregular at magic high school
【入學篇〈上〉】
佐島 勤
Tsutomu Sato
illustration／石田可奈
Kana Ishida
illustrator assistant／ジミー・ストーン、末永康子

「嗨！」
西城雷歐赫特
通稱「雷歐」，與達也同樣就讀一年E班。父親是混血兒，母親是隔代混血兒。擅長「硬化魔法」。

「早安。」
司波達也
司波兄妹中的哥哥。國立魔法大學附設第一高中的新生，就讀一年E班。被揶揄為「雜草」的二科生。擅長技術領域，例如魔法術式輔助演算機（CAD）的設計。

「這個時間哥哥差不多要回來了……」
司波深雪
司波兄妹中的妹妹。就讀一年A班，以首席成績入學魔法科高中的高材生。是別名「花冠」的一科生，擅長領域為「冷卻魔法」。唯一的可愛缺點就是「重度的戀兄情結」。

千葉艾莉卡
達也的同班同學。個性開朗，經常會連累到他人的闖禍大王。家裡是劍與魔法之複合戰鬥術──「劍術」的名門。
「……你看到了？」
「看到了，對不起。」

「服部副會長，
願意和我進行模擬戰嗎？」
七草真由美
三年級。第一高中的學生會會長。

「……就這麼做吧。
人生在世必須擁有自知之明，
我會好好傳授你這個道理。」
服部刑部少丞範藏
二年級的學生會副會長。學籍登錄姓名為「服部刑部」。對於自己身為「一科生」感到驕傲。
中条梓
二年級。學生會書記。
渡邊摩利
三年級。風紀委員會委員長。
市原鈴音
三年級。學生會會計。

所謂的魔法科高中——

以培養現代「魔法師」為目標之國立高等學校的通稱。
全國總共設立九所學校。
設立地點如下：

第一高中：八王子（關東・東京）　**第二高中：西　宮**（近畿・兵庫）
第三高中：金　澤（北陸・石川）　**第四高中：濱　松**（東海・靜岡）
第五高中：仙　台（東北・宮城）　**第六高中：出　雲**（山陰・島根）
第七高中：高　知（四國・高知）　**第八高中：小　樽**（北海道）
第九高中：熊　本（九州・熊本）

其中的第一至第三高中，每學年招收兩百名學生，並且分為一科與二科（第三高中將一科稱為「專科」，二科稱為「普通科」）。一科與二科學生的差異在於指導教師的有無。除了無法受到教師進行個人課程之外，一科與二科修習的課程內容完全相同。第四至第九高中則是每學年招收一百名學生，而且所有學生都有指導教師。然而學生素質據說比起第一～第三高中略遜一籌。各校的課程內容，基本上遵守國立魔法大學訂立的教學綱要，但也有學校秉持獨特的校風。例如第三高中重視戰鬥方面的魔法實務，相較之下，第四高中重視的是在魔法工學具有高度意義，複雜並且較多程序的魔法。不只是魔法走向，也有些學校的特色來自於使用魔法的環境。像是第七高中，除了一般課程之外，還會教導在水面、海面非常實用的魔法。第八高中則是加入野外實習課程，教導在寒地或山區等嚴苛生活環境有所助益的魔法。

The irregular
at magic high school

魔法科高中的劣等生 1

The irregular at magic high school

入學篇〈上〉

背負某項缺陷的劣等生哥哥。
一切完美無瑕的優等生妹妹。
從這對兄妹就讀魔法科高中之後，

風波不斷的每一天就此揭開序幕──

佐島 勤
Tsutomu Sato
illustration
石田可奈
Kana Ishida

Kadokawa Fantastic Novels

Character
登場角色介紹

司波達也
就讀於一年E班，被揶揄為「雜草」的二科生（劣等生）。

司波深雪
就讀於一年A班。
達也的妹妹。以首席成績入學。

西城雷歐赫特
就讀於一年E班，達也的同班同學。

千葉艾莉卡
就讀於一年E班，達也的同班同學。

柴田美月
就讀於一年E班，達也的同班同學。

- **光井穗香**
  就讀於一年A班，深雪的同班同學。
- **北山 雫**
  就讀於一年A班，深雪的同班同學。
- **森崎 駿**
  就讀於一年A班，深雪的同班同學。

- **七草真由美**
  三年級，學生會會長。
- **服部刑部少丞範藏**
  二年級，學生會副會長。
- **市原鈴音**
  三年級，學生會會計。
- **中条 梓**
  二年級，學生會書記。

- **渡邊摩利**
  三年級，風紀委員會委員長。
- **辰巳鋼太郎**
  三年級，風紀委員。
- **澤木 碧**
  二年級，風紀委員。

- **桐原武明**
  二年級，劍術社成員。
  關東劍術大賽國中組冠軍。
- **壬生紗耶香**
  二年級，劍道社成員。
  劍道大賽國中女子組全國亞軍。

- **十文字克人**
  三年級，管理所有社團活動的組織「社團聯盟」總長。

- **小野 遙**
  一年E班的輔導老師。
- **九重八雲**
  擅長古式魔法「忍術」。
  達也的體術師父。

Glossary
用語解說

魔法科高中
國立魔法大學附設高中的通稱，全國總共設立九所學校。
其中的第一至第三高中，每學年招收兩百名學生，並且分為一科生與二科生。

花冠、雜草
第一高中用來形容一科生與二科生階級差異的隱語。
一科生制服的左胸口繡著以八枚花瓣組成的徽章，
不過二科生制服沒有。

一科生的徽章

CAD
簡化魔法發動程序的裝置，內部儲存使用魔法所需的程式。
分成特化型與泛用型等，外型也是各有不同。

司波達也的CAD
司波深雪的CAD

Four Leaves Technology〔FLT〕
國內一家CAD製造公司。原本該公司製造的魔法工學零件比成品有名，
但在開發「銀式」之後，搖身一變成為知名的CAD製造公司。

托拉斯·西爾弗
短短一年就讓特化型CAD的軟體技術進步十年，而為人所稱頌的天才技師。

Eidos〔個別情報體〕
原為希臘哲學用語。在現代魔法學，個別情報體指的是「伴隨事物現象而來的情報」，
是「事象」曾經存在於「世界」的記錄，也可以說是「事象」留在「世界」的足跡。
依照現代魔法學的定義，「魔法」就是修改個別情報體，
藉以改變個別情報體所代表的「事象」的技術。

Idea〔情報體次元〕
原為希臘哲學用語。在現代魔法學，情報體次元指的是「用來記錄個別情報體的平台」。
魔法的原始形態，就是將魔法式輸出至這個名為「情報體次元」的平台，
改寫平台裡「個別情報體」的技術。

啟動式
為魔法的設計圖，用來構築魔法的程式。
啟動式的資料檔案，是以壓縮形式儲存在CAD，魔法師輸入想子波展開程式之後，
啟動式會依照資料內容轉換為訊號，並且回傳給魔法師。

想子
位於靈異現象次元的非物質粒子，記錄認知與思考結果的情報元素。
成為現代魔法理論基礎的「個別情報體」，以及成為現代魔法骨幹的「啟動式」和
「魔法式」技術，都是由想子建構而成。

靈子
位於靈異現象次元的非物質粒子。雖然已經確認其存在，但是形態與功能尚未解析成功。
一般的魔法師，頂多只能「感覺到」活化狀態的靈子。

【0】

魔法。

這已經不是傳說或童話的產物，是不知何時已經成真的技術。

能夠確認的最早記錄，是在西元一九九九年。

當時有一群瘋狂的信徒，為了實現人類滅亡的預言而策畫核武恐怖攻擊，卻被擁有特殊能力的警官成功阻止。據稱這就是近代首度確認魔法真實存在的案例。

剛開始，這種特異能力被稱為「超能力」。純粹是基於先天突變而得到的能力，被認為不可能成為眾人皆可習得的普及技術。

然而這是錯的。

在東西方各大強國研究「超能力」的過程中，傳授「魔法」的人們逐漸現身浮上檯面，「超能力」變得有可能以「魔法」重現。

當然，天分不可或缺，只有非常適合學習超能力的人，才能夠熟練到足以稱為專家的等級。

以這個意義來說，超能力與藝術或科學領域的技能相同。

超能力以魔法建構成技術體系，使得魔法變成一種技能，於是「超能力者」便成為了「魔法技師」。

能力甚至足以壓制核武的高明魔法技師，對於國家而言是一種兵器，也是一種力量。

二十一世紀末——即使進入西元二〇九五年，依然沒有任何統一徵兆的世界各國，競相致力於培養魔法技師。

國立魔法大學附設第一高中。

這裡是每年有最多畢業生進入國立魔法大學就讀，鼎鼎大名的高等魔法教育機構。

同時，這裡也是培養出最多優秀魔法技師（簡稱「魔法師」）的菁英名校。

在魔法教育的範疇，沒有「平等施教」這樣的教育方針。

這個國家沒有這種餘力。

不只如此，「有用的人」與「沒用的人」之間所存在的顯而易見的差距，不允許任何天真理想論來干涉。

徹底的才華主義。

幾近殘酷的實力主義。

這就是魔法的世界。

能夠進入這所學校就讀，就已經證明自己是箇中菁英，而且在入學的時候，就已經分成優等生與劣等生了。

即使同為新生，依然不平等。

就算是親兄妹也不例外。

[1]

「我沒辦法接受。」

「妳還在講啊……？」

今天是第一高中的入學典禮，不過現在是舉辦典禮前兩小時的清晨。

對於新生活以及隨之而來的錦繡前程感到雀躍不已的新生，或是比新生們更加欣喜的家長，在這個時間終究還是寥寥可數。

即將成為入學典禮會場的講堂前方，身穿全新制服的一對男女正在爭論。

兩人同樣是新生，制服卻有著細微但明確的不同之處。

並不是裙子與長褲，或是男裝與女裝的差異。

女學生的胸前，繡著以八枚花瓣為設計理念的第一高中徽章。

但男學生的制服沒有這樣的徽章。

「為什麼哥哥是後備遞補？您的入學考成績不是第一名嗎！

原本應該由哥哥擔任新生代表，而不是由我擔任吧！」

「先不追究妳是從哪裡弄到考試結果……不過既然是魔法科學校，魔法實技操作的成績當然比筆試重要。

深雪應該也很清楚我的實技能力吧？雖然是二科生，但是能夠考上這裡，我自己都覺得相當驚訝了。」

女學生以氣憤的語氣逼問，男學生努力試著安撫，這就是目前的構圖。既然女學生稱呼對方是「哥哥」，兩人應該是兄妹。但也有極低的機率可能是遠房親戚。

如果他們是兄妹——

那還真是一對不太相似的兄妹。

妹妹無論如何都會吸引別人的目光。是十個人之中肯定有十個人認同，百人之中肯定有百人認同的嬌憐美少女。

另一方面，哥哥除了站得筆直的身體和銳利的目光，容貌平凡得沒有可取之處。

「怎麼可以像這樣毫無霸氣！無論是學業或身手，明明沒有人比得上哥哥啊！即使是魔法，其實……」

妹妹嚴厲斥責哥哥懦弱的發言。然而……

「深雪！」

聽到哥哥以更加嚴厲的語氣呼喚名字，深雪露出驚覺的表情不再說話。

「妳應該明白吧？這種事情說出來也沒用。」

「……對不起。」

「深雪……」

身為哥哥的少年，將手輕輕放在她低下去的頭上，溫柔撫摸少女烏黑亮麗的柔順長髮，思考著「這下子要怎麼逗她開心？」這種有點沒出息的問題。

「……我很高興妳有這份心意。因為妳會代替我生氣，所以我總是能得到救贖。」

「騙人。」

「我沒有騙妳。」

「騙人。哥哥老是責備我……」

「就說沒有騙妳了。

不過，如同妳總是把我放在心上，我也把妳放在我的心裡。」

「哥哥……怎麼這樣，居然說『放在心裡』……」

（……咦？）

少女不知為何臉頰羞紅。

總覺得兩人之間產生某種不能忽視的誤會，但少年為了解決當前面臨的問題，決定將這份疑惑擱置下來。

「就算妳拒絕代表新生致詞，我也絕對不會被選上來代替妳。要是在這節骨眼才拒絕上台，大家對妳的評價難免會打折扣。

深雪，其實妳明白吧？因為妳是個聰明的女孩。」

「這……」

「而且深雪，我非常期待妳的表現。

妳是我引以為傲的妹妹。

就讓我這個沒用的哥哥，欣賞可愛妹妹的風光模樣吧。」

「哥哥並不是什麼沒用的哥哥！

……不過，我明白了。非常抱歉，我剛才講出那麼任性的話。」

「妳沒必要道歉，我也不覺得這是任性。」

「那我先進去了。

……哥哥，請欣賞我的表現喔。」

「嗯，去吧，期待妳正式上台的那一刻。」

「好的，待會兒見。」確認少女行禮致意並走進講堂後，少年無奈地嘆了口氣。

（那麼……接下來我該怎麼做？）

陪著不想擔任新生代表的妹妹，在排演之前就來到學校的這名少年，煩惱著入學典禮開始前

的這兩個小時該怎麼過，不知該如何是好。

◇ ◇ ◇

校舍有三棟，依序是教學大樓、實技大樓以及實驗大樓。

內部配置是機械式可動設計的講堂兼體育館；地上三層、地下兩層的圖書館；兩間小型體育館；更衣室、淋浴室、倉庫、社團教室所在的預備大樓；餐廳、咖啡廳暨福利社同樣是獨棟校舍，除此之外還有各種大大小小的附設建築物林立。第一高中的校區與其說是高中，更像是遠離塵囂的大學校園。

等待典禮開始的這段時間，少年走在鋪設軟性材質的仿紅磚道路上，環視四周尋找能夠坐下休息的地方。

使用學校設施所需的學生證，按照程序是在入學典禮結束之後發放。

接待訪客的露天咖啡廳，似乎也是為了避免混亂而在今天公休。

比對行動終端裝置顯示的校區地圖四處行走五分鐘之後，少年在設計得不會遮蔽視線的路樹後方，發現一座設置長椅的中庭。

幸好沒有下雨——少年思考著這種無益的事情，坐在三人寬的長椅上，打開行動終端裝置，瀏覽自己愛看的書籍網站。

這座中庭，似乎是從預備大樓通往講堂的捷徑。

大概是負責舉辦入學典禮吧，一群在校生（對於少年來說是學長姊）在少年前方一段距離的位置經過。他們的左胸都繡著相同的八枚花瓣徽章。

經過而去的眾人背影，透露出天真的惡意。

——那個男生是雜草吧？

——這麼早就來……明明是遞補還這麼努力。

——不過只是備用品罷了。

不想聽到的這段對話，自然流入少年的耳中。

這裡提到的「雜草」是對二科生的稱呼。

綠色制服左胸繡著八枚花瓣的學生，基於徽章的造型被稱為「花冠」。沒有徽章的二科生，則是被揶揄為不會開花的「雜草（weed）」。

這所學校每年固定招收兩百名學生。

其中有一百名學生，是以二科生的身分入學。

國立魔法大學附設的教育機構——第一高中，是培養魔法技師的國立機構。

國家會編列預算給學校，相對的，學校有義務提供某種程度的成果作為回報。

這所學校的目標，是每年提供一百名以上的畢業學生，進入魔法科大學或是魔法技能專業高等訓練機構。

很遺憾的，魔法教育免不了發生意外。無論是實習、實驗或是魔法使用失敗，都很容易演變成無法只以「出了點狀況」解釋的重大意外。學生們即使知道這樣的危險性，也要把未來賭在名為「魔法」的己身天分和潛力，勇於踏上成為魔法師之路。

要是擁有罕見的天分，並且受到社會高度的評價，很少有人會拋棄這樣的天分。如果是人格尚未成熟的少年少女更不用說。他們只會把自己的將來描繪成「閃亮的未來」。雖然這絕對不是一件壞事，不過這種制式化的價值觀，如今已經確實害得不少孩子受到傷害了。

幸好隨著知識及經驗累積，現在幾乎不會再度出現死亡或殘障意外。

然而，魔法天分很容易因為心理因素而損毀。

每年都有不少學生，在經歷意外受到打擊之後，再也無法使用魔法而退學。

「二科生」就是用來遞補這種空缺的學生。

他們獲准擁有學生身分，可以上課、使用學校設備與資料，卻沒有權利接受最重要的「魔法實技個別指導」。

只能獨力鑽研，自行做出成果。

否則就只能得到普通科高中的畢業資格。

不會得到魔法科高中的畢業資格，無法升學就讀魔法科大學。

在能夠教導魔法的教師嚴重不足的現況，非得以擁有天分的人為優先。二科生從一開始就是以沒人教導為前提獲准入學。

表面上，校方禁止將二科生稱為「雜草」。

然而，這已經是半公開的蔑稱，二科生自己也接受這樣的說法。二科生有所共識，自己只是一科生的備用品。

關於這一點，少年也是如此。

所以，那些人沒必要刻意講給少年聽，令他有所體認。少年入學時早有心理準備了。

真的是多管閒事——少年如此心想，將注意力移向終端裝置下載完成的書籍檔案。

◇　◇　◇

開啟的終端裝置顯示出時間。

專注於閱讀的意識被拉回現實。

距離入學典禮還有三十分鐘。

「你是新生吧？典禮要開始囉。」

少年從愛用的書籍網站登出，收起終端裝置準備從長椅起身時，頭頂傳來聲音。

首先映入眼簾的是制服裙子，以及左手所戴的寬手鐲。

這是將普及款式進行大幅度的輕薄改造，並且考量到時尚要素的最新型ＣＡＤ。

ＣＡＤ——術式輔助演算機（Casting Assistant Device）。

別名「演算裝置」或「輔助元件」。

在這個國家，也有人稱為「法機」。

ＣＡＤ會代替咒文、符咒、印契、魔法陣、魔法書等傳統手法或道具，提供發動魔法所需的啟動式，是現代魔法技師必備的工具。

以不同字句或短文使用魔法的咒文，目前已經沒有繼續開發了。即使併用符咒或魔法陣，使用魔法的時間再短也要十秒左右，長的話甚至需要超過一分鐘的詠唱，但ＣＡＤ可以藉由不到一秒的簡易操作來取代。

並不是沒有ＣＡＤ就不能發動魔法，然而大幅縮減魔法發動速度的ＣＡＤ，魔法技師幾乎是人手一台。以強化特定技能為代價，只以意念就能引發超自然現象的所謂「超能力者」，也有許多人為了啟動式系統的速度和穩定性，成為ＣＡＤ的愛用者。這亦為超能力者中的主流。

然而，並不是任何人只要擁有ＣＡＤ就能使用魔法。

ＣＡＤ只提供啟動式，發動魔法是魔法技師自己的能力。

換句話說，ＣＡＤ對於無法使用魔法的人是沒用的累贅，擁有ＣＡＤ的人，幾乎百分之百和魔法有關。

而且依照少年的記憶，獲准在校內隨身攜帶ＣＡＤ的學生，只有學生會以及某些特定委員會的成員而已。

「謝謝您，我立刻過去。」

對方的左胸，當然繡著八枚花瓣的徽章。

將制服上衣撐起來的胸前隆起，並沒有映入少年的意識。

少年沒有遮掩自己的左胸。

他沒有這樣的自卑感。

然而，並不是沒有低人一等的感覺。

對於足以擔任學生會成員的優等生，少年從來沒有積極套交情的念頭。

「真令我佩服，是實體型螢幕嗎？」

然而，對方似乎沒有這種想法。對方看著少年手中摺成三折的行動情報終端裝置螢幕，笑咪咪地不知道在高興什麼。

到這個時候，少年才終於看見對方的臉。

對方臉部的高度，比起從長椅起身的少年矮了二十公分。

少年的身高是一七五公分，所以對方以女性來說也頗為嬌小。

對方的視線高度，剛好可以確認少年是二科生。

然而對方的雙眼絲毫沒有鄙視少年的神色，而是單純又或是純真的感嘆。

「本校禁止學生攜帶虛擬型螢幕的終端裝置。但很遺憾，有很多學生使用虛擬型。不過你從入學之前就是使用實體型吧？」

「因為虛擬型不適合用來閱讀。」

任何人都可以一眼看出，他的終端裝置已有一段歷史，所以對方沒有多問其他事。

少年會以這種類似辯解的方式回答，是因為他認為要是過於冷漠，比起自己，更容易對妹妹造成不利的影響。因為擔任新生代表的妹妹，八成會受邀加入學生會。

基於這種考量的回答，使得這名學姊更加佩服了。

「不是看影片，而是閱讀嗎？那就更稀奇了。我也是喜歡書籍資料更勝於影片資料，所以挺開心呢。」

現在這個時代，虛擬資料確實比實體資料更受歡迎，但喜歡閱讀的人並沒有很罕見。

看來這位學姊的個性親和到稀奇的程度，從她的語氣與用詞逐漸變得輕鬆也看得出來。

「啊，還沒自我介紹，我是第一高中的學生會長七草真由美。數字的七，花草的草。請多指教囉。」

以她講話時的語氣，即使她在最後追加一個秋波也不奇怪。美少女的外型，加上嬌小卻窈窕有致的好身材，營造出一種剛升上高中的男學生會自作多情也不為過的魅力氣息。

即使如此，聽到她的自我介紹之後，少年不由得差點蹙眉。

（含數家系……而且是「七草」嗎？）

魔法師的能力大幅受到遺傳素質的影響。

關於魔法師的資質，家系占了舉足輕重的地位。

而且在這個國家，擁有優良魔法血統的家系，按照慣例都會在姓氏加入數字。

「姓氏帶數字」就代表該家系擁有優秀的魔法師遺傳素質。在這樣的家系之中，七草家也是這個國家目前被視為首屈一指的兩大家系之一。這名擔任學生會長的少女應該擁有直系血統，換句話說是菁英中的菁英，或許可以說是與自己完全相反的人。

少年將伴隨著苦澀的這段細語壓抑在心裡，努力露出平易近人的笑容進行自我介紹。

「我……更正，在下是司波達也。」

「司波達也……原來如此，你就是那個司波啊……」

學生會長瞪大眼睛表現驚訝之情，然後若有含意點了點頭。

總之，司波深雪擔任新生代表，又以首席成績入學，自己身為她的哥哥，卻是個無法使用魔法的吊車尾學生，這應該就是她強調「那個司波」的意義吧。

想到這裡，達也選擇以禮貌的態度保持沉默。

「老師們都在討論你的事情。」

真由美對於沉默的達也毫不在意，發出開心的笑聲之後如此說著。

應該是因為兄妹差距這麼大也很稀奇吧。達也如此心想。

然而奇妙的是，達也沒有從她身上感受到這種負面情感。她的笑聲沒有嘲笑的感覺。

真由美的笑容，只令達也感受到親和的正面印象。

「入學測驗滿分是一百分，你的七科分數平均是九十六分。

魔法理論與魔法工學尤其令人歎為觀止。合格學生的平均分數不到七十分，你在這兩科卻是包含申論題在內，拿下無可挑剔的滿分。

聽說是前所未有的好成績喔。」

對方這番話聽起來像是讚不絕口，達也認為肯定是自己誤會了。因為……

「這是筆試成績，只限於情報系統的範疇。」

魔法科高中生的評價標準並不是以考試成績為優先，而是實技的成績。

達也勉強露出客套笑容，指著自己的左胸。

學生會長當然知道箇中含意。

然而聽到達也這番話，真由美只是笑著搖了搖頭。

不是點頭，是搖頭。

「這麼高的分數，至少我學不來喔。

雖然我看起來這個樣子，但我在理論科目算是名列前茅。不過要是拿入學測驗的題目考我，我肯定沒辦法拿到司波學弟這樣的分數吧。」

「時間差不多了……恕我告辭。」

真由美還想繼續說下去，但達也對她說出這句話之後，不等她回應就轉過身去。

達也的內心某處畏懼著真由美的笑容，畏懼著自己就這樣繼續和她交談。

而且，沒有體認到畏懼的心情從何而來。

◇　◇　◇

因為和學生會長聊太久，達也進入講堂的時候，已經有一半以上的人就座了。

由於沒有指定座位，所以想坐最前面、最後面、正中央或是角落，都是個人自由。

即使是現在，有些學校也會維持復古風格，在入學典禮之前公布分班名單，再讓學生依照班級整隊，不過這所學校是在發放學生證的時候確認班別。

因此，並不會自然而然依照班別分開坐。

然而新生的分布，明顯存在著某種規則。

前半是一科生，左胸有八枚花瓣徽章的學生，能夠享受校內所有教學課程的新生。

後半是二科生，左胸口袋沒有任何花紋的學生，以遞補身分獲准入學的新生。

同樣是一年級新生，同樣是從今天開始就讀這所學校的學生，但卻以徽章的有無，明顯分為前後兩組。

沒人如此強迫，但是依然如此。

（歧視意識最為強烈的，就是受到歧視的人嗎……）

這確實也是一種處世的智慧。

達也不想刻意違抗這種狀況，因此在後方三分之一的中央附近，隨便挑了空位坐下。

看向牆上的時鐘。

還有二十分鐘。

講堂有通訊限制，無法連結文書網站，而且預先儲存在終端裝置的資料已經看過好幾遍了。最重要的是，在這種地方開啟終端裝置很沒禮貌。

妹妹現在應該在進行最後的排演。達也試著想像妹妹現在的模樣……然後微微搖頭。

那個妹妹不可能會在即將上台之前慌張失措。

結果達也無事可做，只好閉上眼睛，讓身體重新坐穩在硬梆梆的椅子上，打算就這麼任憑睡魔接管意識。

「請問，你旁邊沒人坐嗎？」

不過，隨即傳來這樣的聲音。

達也睜開眼睛確認，這個聲音果然是對他說的。

正如聲音聽起來的感覺，是一名女學生。

「請坐。」

明明還有不少空位，為什麼要刻意坐在陌生男學生身旁？雖然達也難免感到疑惑，不過這裡的椅子先不提舒適程度，只有尺寸打造得比較寬，加上對方的體型以少女來說比較纖細（補充一下，純粹是指骨架寬度），所以即使相鄰而坐，依然不會令達也感到不自在。而且總比酷熱難耐的肌肉壯漢坐在旁邊來得好。

考量之後，達也露出平易近人的表情點了點頭。

少女低頭道謝之後坐下了。

三名少女接連坐在她的身旁。

原來如此。達也理解了。

看來她們四人，是在尋找能夠坐在一起的位置。

她們應該是朋友，不過能四人同時擠進這所學校的窄門，而且全都是二科生，達也覺得挺稀奇。四人之中，即使有一個成績比較好的人也不奇怪——不過這種事一點都不重要。

「那個……」

對於偶然相鄰而坐的同學，達也沒有進一步的關心之意，將視線移回正前方。然而對方又主動搭話了。

到底是怎麼回事？

兩人確實不認識彼此，而且手肘或腳也沒有碰觸到對方。

雖然自己這麼說有點奇怪，但達也的坐姿很端正。

應該沒有做出什麼會招致抱怨的事情才對——

「我的名字是柴田美月，請多多指教。」

出乎預料，少女對暗自納悶的達也進行自我介紹。她的語氣和外表看似嬌弱。雖然以貌取人或許很危險，但她不像是擅長表達自我的人。

大概是在勉強自己吧。達也做出這樣的判斷。或許是有人灌輸她「二科生原本就已經背負沉重的包袱了，所以非得互助合作才行」這種無謂的觀念吧。

「我是司波達也，我才要請妳多多指教。」

想到這裡，達也儘可能以溫和的態度回以自我介紹。少女大大的眼鏡後方的雙眼，隨即浮現出鬆一口氣的神色。

戴眼鏡的少女在這個時代可說是相當罕見。

從二十一世紀中葉，視力矯正治療普及化之後，使得近視這樣的症狀，在這個國家已逐漸成為了歷史。

除非是非常嚴重的先天視力障礙，否則就不需要矯正視力的器具。即使需要矯正視力，對人體無害，又能以年為單位持續戴著的隱形眼鏡也已經普及了。

如今必須刻意戴眼鏡的理由，就只是純粹個人的興趣、追求時尚，或者是——

（靈子放射光過敏症嗎……）

稍微觀察就知道，她的鏡片並沒有度數，至少她不是為了矯正視力戴眼鏡。從少女給人的印象來看，達也自然認為，與其說她戴眼鏡是為了追求時尚，更像是基於某種必要理由。

靈子放射光過敏症是一種又被稱為「看過頭症狀」的「體質」。自發性看得見靈子放射光，而且沒辦法刻意不去看見靈子放射光，是一種知覺控制系統異常的症狀。話雖如此，這種症狀並不是疾病，也不是殘障。

只是知覺過度敏銳罷了。

靈子與想子，兩者都是在「超心理現象」——魔法也歸類於其中——觀測到的粒子，並不屬於構成物質的費米子（fermion），也不是促使物質產生交互作用的玻色子（boson），是一種非物理性的粒子。依照推測，想子是讓意念與思緒成型的粒子，靈子是將意念與思緒產生的情緒塑型的粒子（不過很遺憾，理論只處於假設階段）。

一般來說，魔法會使用到的是想子。現代魔法的技術體系，把重心放在想子的操控。魔法師得先學習操控想子的技能。

然而罹患靈子放射光過敏症的人，天生會對靈子放射光——靈子運作產生的非物理性光線呈現過敏反應。

靈子放射光會令目視者的情緒受到影響，所以才會假設靈子是由情緒形成的粒子。而且正因如此，罹患靈子放射光過敏症的人，比較難以維持精神情緒的平衡。

若要預防此結果，根本方式就是控制自己對靈子的感受度。對於做不到這點的疾患，則會提供代用的科技道具。其中一種就是使用名為「抗靈光塗料鏡片」這種特殊鏡片的眼鏡。

對於魔法師來說，靈子放射光過敏症其實並不是非常罕見的體質。對於靈子的感受度，大致上和想子的感受度成正比。所以能夠認知並操控想子的魔法師，大多會煩惱於自己對靈子放射光過敏，這可說是在所難免的事情。

不過，像這種必須隨時以眼鏡阻斷靈子放射光的「症狀」依然罕見。如果原因只是操控能力過低也就算了，但如果是因為她的感受度極端強烈，對於達也來說會是一件麻煩事（對她本人應該是相反）。

達也有些不為人知的祕密。

這個祕密一般來說看不出來，不用擔心他人會發現這個祕密。但如果某人擁有特殊的雙眼，能夠將靈子或想子當成肉眼可視的光線看在眼裡，這個祕密或許會因為某些差池被發現。

——在她的面前，是不是得比平常還要謹慎行動才行呢？

「我是千葉艾莉卡，司波同學，請多指教！」

「我才要請多指教。」

達也的思緒被坐在美月另一邊的少女聲音打斷。

不過，這也是來得正好的救援。

剛才達也不經意一直凝視著美月，使得美月的害羞情緒差不多要達到極限了，不過達也沒有察覺這一點。

「不過，這可以說是一次有趣的巧合吧？」

這名女孩和美月不同，似乎擁有不怕生的大膽個性。

亮色系短髮與工整的五官，增加了活潑的印象。

「什麼巧合？」

「因為司波(shiba)、柴田(shibata)加上千葉(chiba)，總覺得聽來像順口溜。但還是有點不同就是了。」

「……原來如此。」

確實有點不同，但達也可以理解她的意思。

（不過話說回來，千葉嗎……又是含數家系？記得那個千葉家沒有叫做「艾莉卡」的女兒，不過也有可能是分支家系……）

在達也思考這種事情的時候，身旁響起「真的耶」或是「好好玩喔～」這種有些不符場合的笑聲，但也沒有達到引起旁人側目的程度。

坐在艾莉卡另一側的兩人進行自我介紹之後，達也想要滿足自己小小的好奇心。

「四位都是同一所國中畢業？」

艾莉卡的回答令人意外。

「不是，我們所有人都是剛才第一次見面。」

大概是倍感意外的達也的表情很有趣吧，艾莉卡發出清脆的笑聲繼續說明。

「我不知道講堂在哪裡，盯著導覽板研究時，美月主動前來搭話，然後就認識了。」

「……導覽板？」

達也覺得不太對勁。包含會場地點在內，入學典禮的相關資料已經預先發給所有新生了，只要使用行動終端裝置基本搭載的ＬＰＳ（Local Positioning System），即使沒有閱讀典禮說明，甚至一無所知，應該都不會迷路才對。

「我們三人都沒有帶終端裝置過來。」

「因為入學說明書有寫，禁止帶虛擬型螢幕的款式進來。」

「好不容易擠進這裡的窄門，我不想在入學典禮當天就被盯上。」

「我只是單純忘記帶了。」

「原來是這樣……」

其實達也並沒有接受這種說法。既然是自己的入學典禮，好歹應該確認一下會場地點才對。雖然這才是真心話，但他沒有說出口。

沒必要引發無謂的風波——如此心想的達也決定自重。

◇◇◇

正如預料，深雪的致詞非常完美。

達也絲毫沒有想過，妹妹會因為這種小事而受挫。

雖然致詞內容包含「眾人平等」、「團結一致」、「在魔法之外」或「綜合來說」這種頗為敏感的字句，但她巧妙運用語氣修飾，所以聽起來一點都不刺耳。

態度落落大方但卻生澀又有禮，配上她本人沉魚落雁的嬌憐美貌，使得男學生們不分年級為她而傾倒。

從明天開始，深雪身邊將會很熱鬧吧。

這也已經是習以為常的事情了。

無論再怎麼辯解，以世間的普通標準來看，達也寵妹妹的程度甚至足以形容為戀妹情結。雖然很想立刻慰勞妹妹，但是很可惜，在典禮結束後，還必須領取學生證才行。

學生證並沒有預先製作所有學生的份，而是經過個人認證之後，當場把資料輸入學校專用的卡片，所以櫃檯每個窗口都能辦理這項手續。不過在這種時候，一樣會自然分成兩邊。

深雪應該……應該說肯定不會在乎這樣的隔閡，不過她已經以新生代表的身分，在台上領取學生證了。

而且如今的她，被來賓與學生會成員團團包圍。

「司波同學，你在幾班？」

一起移動到櫃檯窗口排隊時，達也讓四人排在前面，自己最後領取學生證（也就是試著女性優先）。達也接過學生證之後，艾莉卡以難掩期待的表情如此詢問。

「E班。」

「太棒了！我們同班！」

聽到達也的回答，艾莉卡開心地跳了起來。感覺她的動作誇張了些。

「我也同班。」

美月只是沒有做出肢體動作，但臉上浮現著相似的神情。或許對於高一新生來說，這樣的反應是理所當然吧。

「我是F班。」

「我是G班。」

雖然不同班，但是另外兩人這種乾脆的反應，並不代表她們冷漠無情。簡單來說，高中入學這件事令她們的情緒開心浮躁。

這所學校每學年有八個班，每班二十五人。

這方面是平等的。

只不過，不被期待開花的雜草二科生，會被編入E班到H班，不會與期待綻放美麗花朵的花冠一科生待在同樣的溫室。

編入別班的兩名女學生，在這時候自然就各自行動了，她們兩人似乎都要前往自己的教室。

A到D班和E到H班，光是使用的階梯就不同，但她們的興奮情緒沒有因而打折扣。

並不是所有二科生都抱持著同樣的矜持。

不少學生抱著「努力擠進名校窄門了」這樣的想法。

因為這所學校除了魔法，普通科目方面受到的評價，在全國也是名列前茅。

她們兩人應該是前往自己的班級，尋找能夠共度一年的朋友了。

「接下來呢？我們也去教室看看嗎？」

艾莉卡抬頭看向達也如此詢問。之所以沒問美月，是因為美月也一樣抬頭看達也吧。

除了遵守古老傳統至今的某些學校，目前的高中沒有級任導師的制度。

不需要調派人手連絡例行公事，沒有幾所學校有餘力把人事費用浪費在這種地方，只要把資訊傳送到連接校內網路的終端裝置就行了。

大概在幾十年前，人手一台校內終端裝置的制度就已經底定了。

個別指導亦同。除非是實技指導，只要不是很重要的事，都是利用情報終端裝置。

如果需要更進一步的協助，學校一定會聘請在各種領域擁有專業資格的輔導老師。

即使如此還需要班級教室的原因，在於方便進行實技與實驗課。為了讓實技或實驗課在時間內結束，並且不會空出多餘的時間，就必須確保某種程度的上課人數（不過即使如此，延後下課依然是家常便飯）。

而且，有一台自己專屬的終端裝置，在各方面都會很方便。這也是原因之一。

無論處於何種狀況，在相同的教室相處久了，學生的交流程度自然會加深。

沒有級任導師的制度之後，各班學生的向心力，反而有增強的趨勢。

無論如何，如果要結交新的朋友，前往班級教室確實是最佳的捷徑。但達也搖頭婉拒了艾莉卡的邀請。

「抱歉，我和妹妹有約了。」

達也知道今天已經不用上課，也沒有連絡事項了。

他已經和深雪約好，完成各方面的手續之後要一起回家。

「哇……既然是司波同學的妹妹，想必很可愛吧？」

艾莉卡像是感想又像是詢問的細語，令達也煩惱該如何回答。「既然是我的妹妹就很可愛」是什麼意思？總覺得理由和結論無法順利連起來。

幸好達也不需要勉強回答。

「你的妹妹難道是……擔任新生代表的司波深雪同學？」

因為美月提出了這個最基本的詢問。

這次就不用煩惱了。達也點了點頭，回應這個比較像是確認的問題。

「咦，是嗎？所以是雙胞胎？」

艾莉卡會這麼問也當然，對於達也來說，他很習慣別人提出這個問題。

「經常有人這麼問，不過我們不是雙胞胎。我是四月出生，妹妹三月出生。如果我早生一個月，或是妹妹晚生一個月，我們就不會同年級了。」

「是喔……在這一方面，內心果然會很複雜嗎？」

與優等生妹妹同年級，內心當然不可能不複雜。但艾莉卡這麼問並沒有惡意，所以達也以笑容帶過這個問題。

「不過沒想到妳居然會知道。司波又不是什麼稀奇的姓氏。」

達也的反問令兩名少女輕聲一笑。

「不不不，已經很稀奇了。」

但兩人臉上的神色大為不同。相較於艾莉卡帶著苦笑的笑容，美月的笑容比較客氣，看起來沒有自信。

「因為兩位長得很像……」

「有像嗎？」

美月的這番話使得達也不得不感到納悶。雖然應該和艾莉卡的說法來自相同的依據，但是達也完全不覺得自己和妹妹很像。

應該說無法置信。

即使不站在親人的偏袒角度，深雪依然是難得一見的美少女。即使除去她過人的天分，光是位於場中就會吸引眾人的目光，可說是天生的偶像……不，是巨星。

看到這樣的妹妹，就可以深切體認到「才貌難雙全」這句諺語是錯的。

反過來看，自己則是姑且超過平均標準，大概是中上吧？這是達也對自己的評價。

國中時代，達也看著妹妹幾乎每天都會收到情書（就達也看來，比較像是崇拜者的信），自己則是從來沒有收過這種東西。

雖說只有一部分，但兩人照理說擁有相同基因。這讓達也不禁多次懷疑自己和妹妹是否沒有血緣關係。

「聽妳這麼說……嗯，很像很像。畢竟司波同學稱得上是個型男，而且相似的地方並不是長相。該怎麼說，算是給人的感覺吧？」

不過艾莉卡對於達也的這個詢問，應該說對於美月的那番話頻頻點頭同意。

「居然用型男這種字眼，這是什麼時代的落伍流行語啊……而且既然長相不一樣，到頭來我們還是不像吧？」

艾莉卡應該是指「給人的感覺」很像。雖然聽起來有點難懂，但自己與妹妹的長相果然不一樣。達也以這種方式解釋之後，不由得做了個無聊的吐槽。

「不是那個意思啦，唔～該怎麼說呢……」

艾莉卡自己似乎也不太會形容。

要是沒有美月幫忙搭腔，或許她會沉吟苦思好一陣子。

「兩位的氣場有著英挺的面容，非常相似。真不愧是兄妹。」

「對！就是氣場啦，氣場！」

艾莉卡大大地點頭，簡直要伸手往大腿拍下去了。

這次輪到達也露出苦笑。

「千葉同學……妳其實個性相當輕浮吧？」

「說我輕浮？好過分～！」對於艾莉卡的抗議，達也照例當作沒聽到。依照艾莉卡的語氣，她並不是認真想打破砂鍋問到底。

「不過柴田同學，沒想到妳居然看得出氣場的表情。

……妳的視力真的很好。」

達也以頗有感觸的語氣說出的這句話，反而引起艾莉卡的注意。

「咦？可是美月有戴眼鏡耶。」

「我不是那個意思。何況柴田同學的眼鏡沒有度數吧？」

艾莉卡露出「嗯？」的表情，觀察美月的眼鏡。

美月位於眼鏡後方的雙眼睜大，並且動也不動。

不知道是驚訝於達也能夠看穿這點，還是懊悔自己的祕密被發現，無論如何，達也認為這不是值得在意的事情。

不過，達也沒有機會問她為何露出這樣的表情。

交談時間剛好在這時結束。以目前這種狀況來說，應該稱得上是和平收場吧。

◇◇◇

「哥哥，讓您久等了。」

在講堂出口附近一角交談的達也等人身後，傳來了會合對象的聲音。

深雪走出層層包圍的人牆了。

雖然覺得有點快，但達也換了個想法。考量到妹妹的性格，這時間前來應該差不多。

妹妹並不是缺乏社交手腕，但不否認她有點潔癖傾向，不喜歡說客套話或是迎合別人。雖然某方面來說是不夠成熟的表現，但她從小總是不愁沒機會受到他人讚美，也因此容易聽到夾雜著嫉妒或挖苦的客套話。

考量到這一點，就覺得妹妹難免會對眾人的阿諛奉承抱持懷疑的態度。今天的她已經算是很有耐心了。

「這麼快啊？」達也轉身回應，但即使說出的話語正如預定，語氣卻變成了疑問句。

預定前來會合的人身後，有一位預定之外的學生陪同。

「你好，司波學弟，我們又見面了。」

她平易近人的笑容與稍作修飾的話語，使得達也默默低頭致意。

即使達也以這種不具親和力的方式回應，學生會長七草真由美也不改臉上的笑容。或許這是一種應酬用的固定表情，也可能是這位學姊天生的個性，剛認識她的達也無從判斷。

然而，比起哥哥對於學生會長的微妙反應，妹妹似乎更在意親密依偎（？）在哥哥身旁的那群少女們。

「哥哥，這幾位是……？」

比起說明自己身邊為何有人陪同，深雪想要先知道達也身邊為何有人陪同。雖然感到有些突兀，但是完全不需要隱瞞，因此達也毫不遲疑就開口回答：

「這位是柴田美月同學，而這位是千葉艾莉卡同學。我們同班。」

「這樣啊……這麼快就在和同班同學約會了？」

深雪以可愛的動作歪過腦袋，以「絕對不是話中有話喔」這樣的表情再度詢問。她的嘴唇露出淑女的微笑，但是眼神沒有在笑。

達也在心中嘆了口氣。

看來在典禮結束後，妹妹一直遭受肉麻客套話的交叉火力攻擊，累積了不少壓力。

「深雪，當然不可能是這麼回事吧？只是在等妳的這段時間和她們聊天而已。妳這種說法，反而對她們兩位很失禮吧？」

對於達也來說，妹妹這種鬧彆扭的樣子也很可愛，不過現在同學和學長姊都在看，要是受到引介卻沒有進行自我介紹，傳出去就不太好聽了。達也以眼神稍加怪罪之後，深雪一瞬間浮現恍然大悟的表情，接著展露出比剛才更加文雅的笑容。

「初次見面，柴田同學、千葉同學，我的名字叫做司波深雪。我也是新生，所以和哥哥一樣，要請兩位多多指教了。」

「我是柴田美月，我才要請妳多多指教。」

「請多指教。直接叫我艾莉卡就可以了。我也可以叫妳深雪嗎？」

「好的，請自便。畢竟如果用姓氏稱呼，就很難和哥哥區分了。」

三名少女如此重新進行自我介紹。

深雪和美月的問候語，以首度見面來說毫無不妥之處，不過艾莉卡從一開始就（講好聽一點的話是）非常友善。

然而，對於艾莉卡這種親密的舉動，感到困惑的反而是達也。

深雪對艾莉卡近乎裝熟的輕鬆態度，毫不在意地點了點頭。

「啊哈，原來深雪和外表給人的感覺不同，其實是很直爽的人嗎？」

「妳則是表裡如一，有著大方的個性。請多指教，艾莉卡。」

深雪剛才被客套與奉承弄得心情煩躁，所以對於艾莉卡大而化之的態度特別有好感。雖然這

也是原因之一，不過兩人似乎在某方面合得來，因此深雪與艾莉卡互相投以融洽的笑容。雖然達也難免感覺自己被扔在一旁，但他不能就這樣杵在原地。即使因為學生會長他們陪同妹妹過來，眾人不會被當成礙事的傢伙，然而正因如此，更不能一直像這樣聚在這裡擋路。

「深雪，學生會學長姊那邊的事情辦完了嗎？還沒的話，我就再去打發時間吧。」

「沒關係。」

達也的詢問與提議，是由深雪以外的人回覆。

「因為今天只是打聲招呼而已。

深雪學妹……我也可以這樣稱呼妳嗎？」

「啊，好的。」

聽到真由美這番話，深雪將融洽的笑容轉為正經的表情點頭回應。

「那麼深雪學妹，細節就改天再談吧。」

真由美面帶笑容簡單致意之後，就這麼準備離開講堂。不過就在正後方待命的男學生叫住真由美。這名男學生的胸前有著八枚花瓣的徽章，理所當然似地驕傲綻放。

「不過會長，這樣的話，預定行程就……」

「這不是預先確定的行程。所以如果有其他行程，就應該優先進行吧？」

男學生依然展露出執著的態度，但是真由美以目光制止，並且朝著深雪與達也投以一個暗藏玄機的微笑。

「那麼深雪學妹，今天先這樣了。司波學弟也是，改天再好好聊一聊吧。」

真由美再度點頭致意並且離開了。跟在後面的男學生轉過身來，以像是聽得見咂嘴聲的表情瞪著達也。

◇　◇　◇

「……那麼，回去吧。」

看來剛開學就引起某位學長，而且還是學生會成員的反感了。不過剛才那種狀況近乎是不可抗力。達也至今的人生，原本就不是會因為這種小事而受挫般地一帆風順。雖然自己的人生還不滿十六年，不過達也的經歷，已經足以令他堅強到對抗此等逆境了。

「哥哥，對不起，都是我害哥哥的形象……」

「妳不需要道歉。」

達也沒有讓眉頭深鎖的深雪講完這句話，搖搖頭之後將手輕輕放在妹妹的頭上。就這樣像是梳理般撫摸她的頭髮，深雪消沉的表情隨即出現陶醉神色。在旁人眼中，這對兄妹看起來有些禁忌的氣息，不過或許是首度見面有所客氣吧，美月與艾莉卡都沒有特別追究這件事。

「難得有這個機會，要不要去喝杯茶？」

「這點子不錯，贊成！附近好像有一間很好吃的蛋糕店！」

取而代之說出口的，是午茶的邀約。

達也不打算問她們兩人是否有家人在等。既然會講出這種提議，就代表這是無謂的關心了。

真要說的話，達也與深雪也是如此。

比起此事，達也更想問另一件事。雖然不重要，卻令達也在意到無法置之不理。

「沒有預先確認入學典禮的會場位置，卻知道蛋糕店在哪裡？」

或許這是有點壞心眼的問題。

「那當然！這是很重要的事情吧？」

然而艾莉卡毫不猶豫就充滿自信點了點頭。

「這是理所當然的事情嗎……」

達也回應的話語，聽起來就像是呻吟聲。不過沒人有資格指責這種事。達也宛如事不關己如此心想著。

「哥哥，您意下如何？」

不過，因為艾莉卡這番狂言（？）受到打擊的，似乎只有達也一個人。

蛋糕店比典禮會場重要的這種反常觀念，深雪沒有表現出任何關心之意——但深雪也不知道這件事情的來龍去脈就是了。

「這樣不是很好嗎？畢竟難得有緣相識，同年紀的同性朋友，結交再多也不嫌多。」

雖說如此，但剛才達也幾乎是毫不考慮就如此回答。兩人並沒有什麼要急著回家處理的事，而且達也原本就想找個地方慶祝妹妹入學，吃完午餐之後再回去。

由於不是深思熟慮之後說出的意見，因此自然透露出他的真心話。

艾莉卡與美月知道這是真心話，所以才會回以這樣的感想吧。

「原來司波同學，只要是關於深雪的事情，就不會把自己考量在內了……」

「真是為妹妹著想……」

不知道是誇獎還是無奈，面對含意各有不同的兩雙視線，達也只能苦著臉保持沉默。

◇　◇　◇

艾莉卡帶領眾人來到的「蛋糕店」，其實是「甜點很好吃的法式料理自助餐廳」，所以大家在那裡享用午餐，享受一段不算短的暢談時光（暢談的只有三名女性，達也幾乎只當聽眾），返抵家門的時候，已經是接近黃昏的時間了。

沒有任何人出來迎接。

比一般住家寬敞許多的這個家，幾乎算是只有達也與深雪兩人居住。

達也回到自己房間之後，首先脫下制服。

雖然不想認為自己受到這種敷衍的要素影響，但脫下這套像是刻意凸顯出「差異」的制服之後，感覺心情稍微輕鬆點了。對於自己內心的這種動靜，達也咂嘴一聲，然後迅速換裝。

在客廳休息一陣子之後，換上居家服的深雪下樓了。

雖然布料材質大幅進步，不過服裝設計從一百年前就幾乎沒有變化。深雪穿著這個世紀初流行的短裙，展露美麗的雙腿曲線接近過來。

關於妹妹的穿著打扮，不知為何只要是在家裡，她總是會穿得比較清涼。雖然事到如今也該習慣了，但她最近變得很有女人味，使得達也經常不知道眼睛該看哪裡。

「哥哥，要幫您準備什麼飲料嗎？」

「也好，麻煩咖啡。」

「明白了。」

深雪前往廚房，簡單綁成辮子的長髮，在她纖瘦的背後微微搖曳。由於會碰到水，所以她綁起頭髮避免礙事。然而平常總是被長髮遮掩的潔白頸子，在毛衣的寬鬆衣領後方若隱若現，營造出一股無可言喻的嬌媚氣息。

在家庭自動化機器人（ＨＡＲ／Home Automation Robot）普及的先進國家，會走進廚房的女性——男性當然也是——真要說的話是少數派。先不提道地的料理，只是烤麵包或是泡咖啡這種程度的事情，如果不是基於興趣，幾乎不會有人自己動手。

而深雪屬於這種屈指可數的少數派。

並不是因為她不擅長使用機器。

朋友來家裡玩的時候，大多會交由ＨＡＲ負責。

不過和達也獨處的時候，她絕對不會嫌麻煩。

磨咖啡豆的聲音以及開水沸騰的聲音，隱約傳入達也的耳中。

雖然是最簡單的濾紙沖泡法，但深雪連舊型咖啡機都不用，或許是對於手工沖泡有某種執著才會如此吧。

達也曾經問過這個問題，深雪的回答是「因為想這麼做」，所以應該是她個人的興趣。不過達也記得，後來問她「是個人興趣嗎？」的時候，被她以鬧彆扭的表情狠狠瞪了一眼。

無論如何，深雪泡的咖啡最合達也的口味。

「哥哥，請用。」

深雪把咖啡杯放在邊桌，然後繞過去坐在達也身旁。

桌上的咖啡是黑咖啡，深雪手上那杯咖啡加了牛奶。

「好喝。」

稱讚不需要過多的字眼。

這兩個字，使得深雪展露甜美的微笑。

窺視哥哥品嚐第二口露出的滿足表情之後，深雪臉上浮現安心的神色，將自己的咖啡杯送到嘴邊——這就是深雪的日常生活。

兩人就這樣享用著咖啡。

彼此都沒有硬是找話題聊。

不會在意對方位於自己的身旁。

「沉默過久而覺得尷尬」的狀況，在這兩人之間早已不存在了。

能聊的話題俯拾皆是。今天是入學典禮，不只結交新的朋友，也遇見令人在意的學姊，深雪則是正如預料受到學生會的延攬。今天的回憶或是要商量的事，多到一個晚上也講不完。

然而這對兄妹，在只有兩人的家裡面對著彼此，只是靜靜享用著咖啡。

「——我立刻去準備晚餐。」

深雪拿著空咖啡杯起身。達也把咖啡杯放在妹妹伸過來的手上，也站了起來。

兄妹兩人一如往常的夜晚，越來越深了。

【2】

高中生活的第二天，醒來時也是一如往常。

即使已經升學進入高中，地球的自轉週期也不會有所變化。

達也簡單洗把臉之後——晚點會再仔細盥洗一次——換上一如往常的服裝。

下樓來到餐廳，深雪已經在準備早餐了。

「早安，深雪，今天早上起得真早。」

天空只有微微泛白，春天的太陽還沒露臉。

這個時間去學校當然太早了。上課時間是八點整，上學時間包含走路在內大約三十分鐘，所以只要在七點半之前出門就行。做早餐、吃早餐、收拾餐具……即使將這些必要時間考量在內，也還有一個小時以上的空檔。

「哥哥，早安……請用。」

「謝謝。」

遞過來的杯子裡裝著新鮮果汁。

達也禮貌道謝之後將果汁一飲而盡，然後把杯子還給伸過來的手——深雪已經完全掌握了達也的身體節奏。

妹妹再度轉身面對流理台。就在達也正要向她的背影說聲「那我出門了」的時候，深雪停下手邊的動作，整個人轉過身來。

「哥哥，我希望今天早上可以和您一起去……」

深雪說出這句話的同時，抱起裝滿三明治的籃子給達也看。看來她並不是「正要開始」做早餐，正確來說是「快要完成了」。

「我不介意……但妳要穿制服去嗎？」

達也交互看著自己的運動服，以及深雪圍裙底下的制服如此詢問。

「我還沒向老師報告我升學的消息……

何況，我已經跟不上哥哥的訓練了。」

這就是深雪的回答。

她這麼早就換上制服，是為了要去展露自己的高中生模樣。

「我明白了。雖然深雪不需要和我進行相同的晨練，不過如果是為了這件事而去，師父應該也會很開心吧。

……只希望他不要開心過頭失去自制力就好。」

「到時候就請哥哥保護深雪囉。」

看到妹妹投以一個可愛的秋波，達也的臉上自然而然浮現笑容。

◇◇◇

少女任憑長髮與裙擺被清晨仍有涼意的清新空氣吹拂，以直排輪鞋沿著坡道往上滑。

深雪一次也沒有朝地面使力，在平緩漫長的坡道上，違抗著重力高速滑行。

時速將近六十公里。

達也與她並肩前進。

雖然達也是以慢跑方式前進，但每一步的幅度長達十公尺。

只是與深雪相較之下，他的表情並不從容。

「要稍微減速嗎……？」

「不，這樣就不叫做訓練了。」

深雪輕盈轉身，背對著前方單腳滑行並如此詢問。隱約透露疲憊神色卻沒有氣喘吁吁的達也如此回答。

他們兩人並沒有在鞋子安裝任何外部動力。

不用說，這種速度來自於魔法。

深雪使用的魔法，是降低重力加速度的魔法，以及讓自己身體沿著道路坡度，朝著目標方向移動的魔法。

達也使用的魔法，是強化踩踏路面產生的加速度與減速度的魔法，以及縮減垂直向量，避免身體過度離開路面的魔法。

兩者都是移動與加速的單純複合術式。因為單純，所以深雪當然不用說，只能成為二科生的達也，同樣能發動這個魔法並維持功效。

以這種狀況來說，穿直排輪鞋的深雪，以及靠自己雙腳跑步的達也，何者的難度較高，不能一概而論。

乍看之下，以直排輪減少運動負荷的深雪看起來比較輕鬆，不過既然沒有使用自己的腳，就表示移動方向必須完全以魔法來控制。

相對的，達也是以跑步動作決定移動方向。

達也每跑一步就要啟動術式，深雪必須持續控制術式不能鬆懈。

兩人各自對自己課以不同性質的訓練。

◇◇◇

兩人的目的地在離家約十分鐘路程——不過是以那種速度來計算——的小山丘上。

如果要以最簡單的字詞形容這裡，就是「寺廟」。

然而，聚集在這裡的人們，怎麼看都不像是「僧侶」、「和尚」或是「（小）沙彌」。

如果刻意要以現有的名詞來形容，「修行者」……不，「僧兵」應該比較適合吧。

在這股容易令女性卻步，尤其令年輕女孩怕得不敢接近的氣氛之中，深雪踩著直排輪鞋，毫不猶豫穿越大門。這種做法不像是平常禮數周到的她，不過屋主反覆強調「不用在意」，聽到煩的她也已經習慣這種做法了。

至於說到這個時候的達也在做什麼，他並不是跟不上速度尚未抵達，而是一穿過大門就受到粗魯的款待。

這裡所說的款待，說穿了就是對打過招。

剛開始來到這間寺廟習武的時候，是依序和每個人過招。如今則是中級以下的門徒，大約二十人進行圍攻——不是車輪戰，是一起上。

「深雪！好久不見了。」

哥哥被人群淹沒，使得深雪在正殿前院轉過身去擔心地注視。此時忽然從死角傳來了這個開朗的聲音。

「老師……我明明已經說過很多次了，請不要消除氣息悄悄接近……」

由於知覺相對敏銳，而且提高警戒避免重蹈覆轍，反而讓深雪心臟受到的打擊更加強烈。即使知道徒勞無功，她還是不得不如此抗議。

「禁止我悄悄接近？深雪這個要求真是強人所難。我是『忍者』，所以悄悄接近的作風已經像是天性了。」

對方將頭髮剃得乾乾淨淨，高瘦的身軀穿著黑色袈裟，外型非常適合這間寺廟。不過先不提實際年齡，從他的外表和給人的感覺來看，年紀似乎不是很大。

即使看起來超脫塵世，卻隱約散發著一股難以形容的俗氣。即使外型是僧侶，還是有些假惺惺的感覺。

「這個時代已經沒有忍者這樣的職業了。希望您能夠盡快矯正這樣的天性。」

「嘖嘖嘖，我不是世人總是有所誤解的俗氣忍者，而是淵源深遠流長的道地忍者。這不是職業，是一種傳統。」

即使深雪嚴肅抗議，對方依然刻意咂嘴晃著手指如此回答——總之很俗氣。

「我知道這是歷史悠久的傳統，所以並不會感到詫異。但是老師為何如此……」

深雪沒有刻意把「輕佻」兩個字說出口。因為她早就知道說出來也沒用了。

這名冒牌僧侶——不過確實擁有僧侶身分就是了——名為九重八雲。正如他剛才的自稱，是一名「忍者」。

更加普遍的稱呼是「忍術師」。

如同他本人的堅持，和近代只有體術優異的諜報員有著明確的分別，是古式魔法的繼承人其中之一。

魔法成為科學研究範疇，世間以為是虛構的魔法被認定實際存在時，忍術的祕密也被揭露出來了。忍術不只是體術與中世紀的諜報體系，歸類於「奧義」的部分就是一種魔法。

原本認定是虛構，被塑造成虛構的詭異「法術」，才是最接近魔法本質的技術。

當然，忍術與其他魔法體系一樣，並不是傳承本身就代表著真相。

在文獻之中稱得上是忍術象徵的「忍者變化」，已經證明是幻影加上高速移動的組合。不只是忍術，傳統魔法裡的變身系統法術，全部出自於這樣的花招。變身、變化與元素變換，是在現代魔法學不可能踏入的領域。

深雪將之稱為老師，達也形容為師父的九重八雲，就是遵循古法習得這種忍術，古式魔法的繼承人。

不過先不提僧侶造型（連這種造型看起來都很假），無論是散發的氣息和言行舉止，怎麼看都不覺得他和「淵源深遠流長」這種字眼沾得上邊——

「那是第一高中的制服？」

「是的，昨天是入學典禮。」

「這樣啊這樣啊，唔～真不錯。」

「……今天要向老師報告入學的消息……」

「全新的制服帶著生澀感，清純氣息裡蘊藏難以掩飾的魅力。」

「…………」

「簡直是含苞待放的花蕾，翠綠萌發的嫩芽。沒錯……萌！這就是萌！唔？」

情緒不斷亢奮高漲，朝著頻頻後退的深雪緩緩接近的八雲，忽然一個轉身放低重心，把左手舉到頭上。

隨著「啪」一聲沉重的聲響，手臂擋下了一記手刀。

「師父，深雪在害怕了，可以請您冷靜一點嗎？」

「……達也，不錯喔，居然能進逼到我的背後，喝！」

八雲以左手牽制達也的右手，並且揮出右直拳。

達也將右手斜揮掙脫束縛，宛如包覆般接住這一拳，就這麼收進腋下。

八雲順勢往前翻，抬腿踢向達也的後腦杓，達也則是扭動身體閃躲。

兩人拉開間距。

旁觀者不禁發出嘆息。

不知何時，對峙的兩人身邊圍著一群觀眾了。

達也與八雲再度過招。

手心冒汗緊握拳頭的人，並不是只有深雪而已。

◇　◇　◇

達也從國一開始，正確來說是從該年十月就持續至今，每天早上都會進行的這場例行騷動結束之後，境內再度恢復寂靜。門徒們回到自己的崗位，留在正殿前院的人，只剩下達也與深雪這對兄妹和八雲。

「老師請用。哥哥也需要嗎？」

「喔喔，深雪，謝謝妳。」

「……稍等一下。」

汗流浹背卻依然維持從容表情的八雲，露出笑容從深雪手中接過毛巾和杯子。相對的，在地上躺成大字型氣喘吁吁的達也，則在舉起單手回應後，才好不容易從地面坐起。

「哥哥，您不要緊吧……？」

達也雖然起身卻依然坐著。露出擔心表情的深雪，不在乎裙子會髒掉就跪在達也身旁，以手上的毛巾為他擦拭流下的汗水。

「嗯，我沒事。」

雖然不是在意八雲的消遣視線，但達也從深雪手中接過毛巾，一鼓作氣振作起身。

「抱歉，害妳裙子沾到泥巴了。」

說出這番話的達也，運動服已淒慘到不只是沾到泥巴的程度了，但深雪未指摘這點。

「這算不了什麼。」

深雪以笑容如此回應，並不是伸手拍裙擺，而是從制服內袋取出長方形薄型行動終端裝置。裝置表面幾乎整面都是觸控式螢幕，深雪以熟練的動作，在螢幕輸入簡短的數列。

深雪手上所拿的，是行動終端裝置形態的泛用型ＣＡＤ。相較於最普及的手鐲形態，雖然有失手沒抓穩就會掉落的風險，不過擁有只要習慣後就能單手操作的優點，是討厭實作時雙手受限的上級魔法師愛用的類型。

ＣＡＤ以非物理光線描繪出的複雜圖樣，被吸入握著ＣＡＤ的左手後，魔法發動了。

現代的魔法師使用魔法工學創造的電子機器——ＣＡＤ，取代既有的法杖、魔道書、咒文與印契來發動魔法。

ＣＡＤ內藏「感應石」，這是將想子訊號與電流訊號進行雙向變換的合成物質，魔法師注入想子，讓ＣＡＤ輸出預先儲存為電子資料的魔法陣——也就是啟動式。

啟動式是魔法的設計圖，裡頭的情報量甚至超越了冗長的咒文、複雜的圖樣、忙碌變換的結印手勢等的總和。

人類的身體就是想子的良導體。魔法師透過身體吸收ＣＡＤ輸出的啟動式，送入位於潛意識之中，魔法師之所以是魔法師的精神機構——魔法演算領域。魔法演算領域會依照啟動式，構築使用魔法的情報體和魔法式。

ＣＡＤ就像這樣，能夠瞬間提供構築魔法的必要情報。

不知道從何處出現的無形雲朵，附著在深雪的裙子、包覆雙腿的黑色內搭褲、換穿涼鞋的雙腳直到腳尖。

從空中湧現的微小粒子，從達也背上沖刷全身而去。

微光薄霧散去之後，兩人身上的制服與運動服一塵不染。

「哥哥，要吃早餐嗎？老師不介意的話也請一起享用。」

就像是理所當然，深雪以極為平凡的語氣如此說著，輕輕舉起手中的籃子。

達也很清楚，這種程度的魔法，其實對於妹妹來說「算不了什麼」。

◇　◇　◇

達也與八雲坐在緣廊享用三明治。

深雪只吃了一塊，就忙著遞茶或是把三明治分裝在小盤子，將達也照顧得無微不至。

對於這幅光景會心一笑，表情卻有些令人不敢領教的八雲，接過光頭（已剃度）徒弟遞出的手帕擦拭雙手和嘴角，合掌向深雪道謝之後，以深有所感的語氣輕聲說道：

「如果只比體術，我或許已經打不贏達也了……」

這是毋庸置疑的稱讚。

若有其他門徒在場，應該無法迴避他們羨慕的眼神吧。實際上，正在八雲身邊待命的徒弟，聽到這樣的稱讚之後，就朝達也投以嫉妒與羨慕的視線。

深雪與有榮焉露出喜悅的神色。

然而如此單純的稱讚，並沒有率直打動達也的心。

「體術不分軒輊，卻單方面被修理到這種程度，我一點都不覺得高興……」

達也聽起來像是抱怨的這段反駁，使得八雲無奈地輕聲一笑。

「這是當然，達也。因為我是你的師父，剛才是以我擅長的領域過招。

你才十五歲，要是我輸給還沒出師的你，我的徒弟們都要跑掉了。」

「我認為哥哥可以再率直點。老師難得稱讚您，我覺得您挺胸放聲大笑也不為過。」

深雪也一樣，雖然語氣平淡不以為然，嘴角卻浮現另一種意義的笑容。

「……就某方面來說，我這麼做會變成一個討人厭的傢伙……」

八雲與深雪都是面帶笑容如此消遣，但他們是在安慰以及鼓勵自己。達也可沒有頑固到無法理解這一點。

達也臉上的苦笑，變成沒有難受心情的普通苦笑了。

◇　◇　◇

上班上學的人群，接連整齊走進停下來的小型車廂。

客滿電車這樣的說法，如今已經走入歷史了。

電車依然是主要的公共交通工具，不過形態在這一百年來大幅改變。

能夠收容數十人的大型車輛，只用在某些指定座位的長程高速交通工具。

現代的主流名為「電動車廂」，是以中央系統控制的兩人或四人小型軌道電車。

動力與能量都是由軌道提供，所以車廂體積是同級汽車的一半。

乘客依序搭乘並排於月台的電動車廂，車廂讀取車票或月票目的地，再沿軌道前進。

軌道依照速度分成三條，由交通管制系統控制車廂間距，從低速軌道逐漸切換到高速軌道，快抵達目的地的時候，再從高速軌道切換回低速軌道，進入目標車站的月台。

這樣就像是在高速公路一邊變換車道一邊行駛，不過隨著管制系統的進步，已經可以進行高密度的運作，運輸量等同於連結幾十個車廂的大型車輛。

如果是市區的中長程路線，車廂就會收納在連結車裡，並且使用第四條高速軌道，乘客可以走出車廂，利用大型連結車內部的設備稍做休息。不過上班族或學生幾乎用不到。

像是早期戀愛小說那種在電車裡的邂逅，不可能發生在現代搭乘電車通學的過程。

雖然沒辦法當成與朋友會合的地點，但也不會受到色狼的騷擾。

電動車廂內部沒有監視器或麥克風。

乘客在行進途中無法離席，而且座位之間也有設置著緊急隔離牆。因為必須以個人隱私為優先，這是社會的共識。

如今電車和自用車一樣，成為一種私人空間了。

設置防範措施，只能單人依序搭乘的電動車廂，也可以單人搭乘一個兩人車廂（四人車廂搭乘人數未滿三人就會額外收費），不過達也與深雪當然並沒有分開搭乘，今天也是並肩排隊搭乘通學電車。

「哥哥，其實……」

打開終端裝置螢幕閱覽新聞的達也，聽到妹妹有些猶豫的話語之後連忙抬頭。

這個妹妹很難得像這樣支吾其詞。

大概是什麼壞消息吧。

「那些人？噢……

「昨天晚上，那些人打電話給我……」

所以，爸爸他們又做了什麼惹妳生氣的事情？」

「不，並沒有……

好歹在祝賀女兒入學的時候要慎選話題，那些人似乎明白這一點。

所以……哥哥那邊，果然……？」

「噢，是這個意思啊……他們和往常一樣。」

哥哥的這句話，使得妹妹表情一沉低下頭，下一瞬間，遮住表情的長髮底下，洋溢出似乎聽得到咬牙聲音的怒氣。

「這樣啊……我原本抱持淡淡的期待，以為再怎麼樣都會祝賀一聲，結果哥哥連一封郵件都沒收到嗎……那些人，那個……」

「冷靜下來吧。」

深雪因為無法言喻的激烈情緒而顫抖，達也稍微用力握住相鄰的手如此安撫。

室溫忽然降低，車內溫度低於規定溫度，使得暖氣不合時宜地立刻啟動，吹出暖風的聲音充斥於沉默的車廂。

「……非常抱歉，我一時失控了。」

確認魔力不再失控之後，達也放開深雪的手。

鬆手的時候，達也輕拍她的手，露出不以為意的笑容，與深雪四目相對。

「我無視於爸爸要我去公司幫忙的命令決定升學。

所以他當然不會向我祝賀。

妳也很清楚爸爸的個性吧？」

「自己的父親個性如此幼稚丟臉，我才會這麼生氣。何況如果是要逼哥哥離開我身邊，照道理應該先知會我，然後再得到阿姨的允許才對，他卻沒這個膽量。

到頭來，那些人到底要利用哥哥到什麼程度才肯罷休？十五歲的少年就讀高中，這是天經地義的事情吧？」

對於深雪「得到阿姨允許」的說法，達也感受到強烈的突兀感——因為無論是誰下令，達也都不打算讓深雪孤單一人——但是達也沒有將想法顯露出來，而是刻意以明顯是裝出來的模樣露出嘲弄的笑容。

「高中並不是義務教育，所以也不是天經地義。

爸爸和小百合阿姨是因為認同我能夠獨當一面，才會想要利用我吧？只要解釋成我很可靠，妳就不會氣成這樣了。」

「……既然哥哥這麼說了……」

雖然有點不甘願，深雪還是點了點頭。達也見狀暗自鬆了口氣。

兩人的父親在魔法工學機器製造公司「Four Leaves Technology」的研究所擔任開發總長。深雪並不知道，這樣的父親實際上要求達也擔任什麼職務，只誤以為是把工作之餘完成的小東西交給達也，做一些正常的工作。

其實達也只被當成研究測試品的修復裝置。要是深雪知道這個事實，真的有可能氣到導致交通系統癱瘓。

無視於達也內心的擔憂，通學電車順利切換到低速軌道。

◇　◇　◇

迎接開學第一天的一年E班教室，籠罩著雜亂的氣氛。

其他教室應該也差不多吧。

昨天似乎就有許多學生打過照面，教室各處已經出現閒聊的小團體了。

總之也沒有熟到能打招呼的對象，所以達也看向桌子上的編號，想要尋找自己的終端裝置。不過出乎意料有人叫他的名字，使得他抬起頭來。

「早安～」

聲音來自一如往常充滿開朗活力的艾莉卡。

「早安。」

她身旁的美月，低調露出卸下心防的笑容看過來。

兩人似乎已經完全熟識，艾莉卡就這樣輕輕靠坐在美月桌旁揮手示意。她們大概在看見達也之前都在聊天吧。

達也舉手回以問候，並且走向兩人。

司波與柴田，與其說巧合，更像是基於五十音的順序吧，達也的座位就在美月旁邊。

「我們又是鄰居了，請多指教。」

「我才是，請多多指教。」

美月以笑容回應達也這句話。隨即她旁邊（要說在她上面也沒錯）的艾莉卡露出不滿的表情——大概是故意的。

「總覺得我被排擠了。」

聲音聽起來像是在捉弄人。

不過達也並沒有可愛到會因而動搖。

「要排擠千葉同學應該很困難吧。」

達也這種乾脆的聲音和語氣，使得艾莉卡瞇著眼睛，給了他一個白眼。這次看起來並不像是裝出來的。

「……這是什麼意思？」

「妳交遊廣闊擅於社交的意思。」

即使承受艾莉卡的白眼，達也依然面不改色，表情依然是一派輕鬆。反倒是艾莉卡露出頗為不甘心的表情。

「……司波同學，你其實個性很差吧？」

美月忍不住笑出來了。達也以眼神餘光看著這樣的她，把學生證插入終端裝置，開始檢視內藏的資訊。

從修課規定、風紀規定、硬體設施的使用規定，還有入學相關活動、自治活動的說明、第一學期的科目，達也高速捲動翻頁，將內容灌入腦中，只以鍵盤操作就完成選課程序。在抬起頭想喘口氣時，達也的視線與坐在前面座位，瞪大眼睛看著達也雙手的男學生相對。

「……你要看也無妨，只是……」

「啊？噢，抱歉。

因為很稀奇，所以不小心看到入迷了。」

「會稀奇嗎？」

「我覺得很稀奇啊。我第一次看到這個時代還只以鍵盤輸入指令的人。」

「習慣之後用鍵盤輸入比較快。視線定位和腦波指向的準確度還不夠。」

「我就是想說這個。你打鍵盤的速度好快，光是這一招就不愁吃穿了吧？」

「不……頂多只能用來打工而已。」

「是嗎……？

喔，忘記還沒自我介紹。

我是西城雷歐赫特。爸爸是混血兒，媽媽是隔代混血兒，所以外表雖然是純日式風格，名字卻是西方風格。擅長的術式是聚合系的硬化魔法。將來志願是從事身體勞動的工作，例如警察的機動部隊或是山岳警備隊。

叫我雷歐就好。」

以現代年輕人的角度來看，剛就讀高中就決定未來志願算是挺稀奇，但魔法科高中的狀況就不一樣了。魔法師（的種子，或者說嫩芽）的能力……更正，應該說素質，與未來出路有著密切關連。所以雷歐會在自我介紹時講到將來想從事的職業，達也並不會感到意外。

「我是司波達也，一樣叫我達也就好。」

「ＯＫ，達也。

所以你擅長什麼魔法？」

「我不擅長實技，所以想成為魔工技師。」

「原來如此……畢竟你看起來挺聰明。」

魔工技師又稱為魔工師，是魔法工學技師的簡稱。輔助、增幅或強化魔法的機器，就是由這些技術人員進行製造、開發或調整。像是現在魔法師必備的工具ＣＡＤ，要是疏於讓魔工技師進行調整，就會比積灰塵的魔法書還不如。

雖然在社會上的評價比魔法師低一級，但是在業界的需求比一般水準的魔法師還要高。一流魔工師的收入，甚至凌駕於一流魔法師。

基於此原因，對於不擅長實技的魔法科學生，魔工師並不是罕見的志願，不過……

「咦？怎麼回事？司波同學想當魔工師？」

「達也，這傢伙是誰？」

宛如聽到獨家新聞而亢奮探頭過來的艾莉卡，雷歐以不太敢領教的態度指著她問道：

「唔哇，劈頭就叫我『這傢伙』？而且還用手指？沒禮貌的傢伙！沒禮貌的傢伙！沒禮貌的傢伙！不受女生歡迎的男生就是這點最討厭！」

「什麼？沒禮貌的是妳吧！別因為臉蛋長得頗正點就囂張！」

「外表很重要吧？不過把邋遢錯當成豪邁的臭男人應該不會懂。何況你那種落後一個世紀的用詞是怎樣？現在已經不流行囉～」

「妳……妳……妳……」

艾莉卡一本正經露出嘲笑，低頭斜視。雷歐則是啞口無言到差點低聲咆哮。

「……艾莉卡，別這樣。妳講得有點過分了。」

「雷歐也別說了，你們以目前來說彼此彼此，而且你應該說不過她。」

在一觸即發的氣氛之中，達也和美月各自出面打圓場。

「……既然美月都這麼說了……」

「……知道了。」

兩人轉頭，但目光仍然放在對方身上。

同樣倔強，不服輸的個性也是半斤八兩。達也不禁心想，這兩人或許會意氣相投。

◇◇◇

預備鈴聲響起，位於各處的學生們，各自回到了自己的座位。

這方面的程序和上一個世紀相同，但是接下來就不一樣了。

沒有通電的終端裝置自動開啟，已經啟動的終端裝置則是螢幕重置，同時教室前方的投影幕顯示一段訊息。

「——新生課程於五分鐘之後進行，請回到座位待命。還沒將學生證插入終端裝置的學生，請盡快完成程序——」

這些訊息對於達也來說完全沒有意義。既然已經完成選課程序，這種加入過度視覺效果的線上指引，只會令人覺得枯燥乏味。在達也打算跳過這些程序搜尋校內資料的時候，發生了出乎預料的狀況。

隨著上課聲響起，教室前門開啟了。

並不是遲到的學生。開門的人不是穿著制服，是身穿套裝的年輕女性。

雖然不到眾人公認的程度，不過是很標緻的美女，而且嬌憐的感覺比美貌更勝一籌。這名女性站在從地面升起的講桌前面，把腋下的大型行動終端裝置放在桌上，然後環視教室。

感到意外的似乎不只是達也，整間教室充斥著困惑的氣息。

使用桌上終端裝置進行線上教學的學校，不會有教師站在講台上。既然課程都是透過終端裝置進行，優先順位較低的例行公事連絡，更不會刻意派職員來到教室傳達。理論上只有發生某種異常狀況，才會用到教室裡的教職員專用終端機。

不過，這名女性毋庸置疑是教職員。

「好的，看來沒人缺席。

那麼各位，恭喜你們入學。」

好幾名學生被引得行禮致意——像是達也剛認識的前座男生，就老實回應「啊，謝謝」並且低頭致意——但是達也只有對這名女性的奇妙舉止感到納悶。

首先，只是確認出席狀況的話，就不需要以肉眼環視教室。安裝在終端裝置的學生證，會及時反應學生的出席狀況。

學校的相關人員，不需要扛著那種尺寸的終端裝置到處跑。校內各處都有設置終端機，剛才從地面升起的講桌，應該也有內建一台附設螢幕的終端機。

何況，到頭來她到底是什麼身分？入學說明書裡，並沒有提到這所學校有採用「級任導師」這種過時的系統——

「初次見面，我是在這所學校擔任綜合輔導老師的小野遙。我們綜合輔導老師的工作，就是擔任各位的諮商對象，有必要的話，再為各位引介各專門領域的輔導老師。」

（……這麼說來，確實有提到這方面的事情……）

缺乏「找人商量煩惱」這種念頭的達也，在閱讀學校簡介的時候隨意讀過了這一段，不過擁有完善的輔導機制，也是這所學校的賣點之一。

「綜合輔導老師共有十六位，以一男一女為搭檔，在每個學年都會負責一個班。

本班由我和柳澤老師負責。」

女性講到這裡暫時停頓，操作講台的終端機，隨即教室前方的投影幕與學生桌上的螢幕，顯示出一名男性的上半身。

「初次見面，我是輔導老師柳澤，和小野老師共為各位的輔導老師，請多指教。」

講台上的「小野老師」——遙，就這麼讓柳澤老師顯示在螢幕上繼續說明。

「就像這樣，輔導工作可以藉由終端裝置進行，直接前來商量事情也沒問題。通訊過程會加上量子密碼，諮商結果保存在獨立的資料庫，所以不會洩漏各位的隱私。」

遙說到這裡，把達也誤以為是大型行動終端裝置的書本型資料庫拿起來給大家看。

「本校會全力輔助各位度過充實的校園生活。

……所以各位同學，請多多指教囉！」

至今的正經語氣大幅改變，成為輕鬆又柔和的語氣。

教室裡充斥著鬆懈的氣息。

緊張與放鬆，這是連自己的容貌也計算在內，頗為高明的情感操控。

令人感覺這名教師歷練頗深，與她年輕——宛如大學剛畢業的外表並不符合。

如果一對一進行這樣的對話，或許會連原本不想講的事情都講出來。

這是擔任輔導老師很重要的資質，但這名教師即使擔任女間諜應該也行得通。

不能對她輕忽大意——達也如此心想——她身後的投影幕上，被冷落的年長同事逐漸露出困惑的表情，察覺到這一點的她頻頻低頭致歉並且切換畫面。如果沒有看到這一幕，達也對她的這種印象應該會更加強烈吧。

遙輕咳一聲，重新露出職業笑容（？），若無其事繼續說道：

「接下來會在各位的終端裝置，播放關於本校課程與硬體設備的導覽介紹，接下來進行選修科目的登錄，新生說明就結束了。有不懂的地方請按下呼叫鍵。已經看過課程與硬體設備介紹的同學，可以跳過導覽直接進入選課系統。」

在這個時候，看著講台螢幕的遙露出「哎呀？」的表情。

「……已經完成選課程序的同學可以先離開。不過開始進行導覽之後就禁止離開了，所以想離開的同學請趁現在。離開時請不要忘記學生證喔。」

就像是等這句話很久了，某人的椅子發出喀咚一聲。

起身的人並不是達也。

是位於靠窗前排，與達也座位有段距離，看似神經質的纖瘦少年。

他朝著講台行禮致意，隨即繞到教室後門前往走廊。

他抬起頭，完全不在乎兩側觀察的視線，以高傲態度離開教室的模樣，看起來像是在逞強而稍微引人感興趣，但這也只是一瞬間的事情。不只是達也，教室裡大約一半學生的目光都落在少年的背影，不過很快就將視線移回桌面了。

看來沒有其他人要先離開。達也並不想做出那麼顯眼的舉動離開這裡。

達也將目光移回手邊，思考著要查閱什麼情報打發時間，並且將手放在鍵盤上，但他忽然察覺到某種視線而抬起頭來。

遙在講台後方看著他。

即使視線相對，她也沒有移開目光，而是朝著達也嫣然一笑。

（剛才那是怎麼回事……）

後來也一樣，只要回過神來，就會發現遙向達也投以微笑。並不是一直如此，而是簡短又低調，沒有令其他學生有所質疑。但也因此更加營造出另有隱情的氣氛。

達也可以斷言，今天是第一次見到她。

由於投以笑容的頻率明顯超過客套的程度，因此達也試著搜尋自己的記憶。

他也因此得以打發時間，不過……

（應該不是……要讓我放鬆心情吧？畢竟那樣反而會影響心情的平靜……）

即使不是課程講師，不過校方人員總不會在教室向學生搭訕吧。這應該不可能……）

能推測的可能性，就是達也明明和先行離開的學生一樣完成選課程序，卻依然留在座位上，所以引起對方的興趣。不過即使如此——以好聽一點的說法——感覺她也太親切了。

「達也，中午之前有什麼打算？」

在獨自納悶的時候，前方座位傳來這樣的聲音。

雷歐就像是要當成招牌姿勢，反過來跨坐在椅子上，把雙手放在椅背再讓下巴靠上去，以這種和剛才完全一樣的姿勢看向達也。

現在的國中與高中已經沒有在教室吃飯的習慣了。雖然已經提高防水防塵功能，終端裝置依然是精密機器。要是不小心灑到湯汁，無法保證不會導致悲慘的下場。

不是去餐廳，就是到中庭、樓頂或是社辦，或是隨便找個適當的地方。

而且，餐廳還有一個多小時才會開。

「我原本想留在這裡看資料目錄……ＯＫ，我奉陪吧。」

原本開心閃亮的雙眼，因為達也的第一句話而略微失望。對於雷歐這種非常好懂的表情，達也露出苦笑點了點頭。

「所以，要去哪裡看看？」

公立學校直到國中都不會教導魔法。擁有魔法天分的孩子，是在放學之後，由公立補習班教導魔法的基礎入門課程。在這個階段，不會對孩子們的魔法技術進行優劣評比，純粹讓他們盡情發揮潛力，至於擁有的天分是否足以在將來從事魔法相關工作，是由本人以及監護人進行確認。

部分私立學校會把魔法教育納入課外活動的範疇，但是不會把魔法列入成績計算，這一點做得非常徹底。

正式的魔法教育是從高中課程開始。雖然第一高中是魔法科高中裡屈指可數的窄門，但還是有很多來自普通國中的學生。與魔法相關的專門課程，是這些學生從來沒看過的內容。

對於不熟悉專門課程的新生們，為了盡可能減輕他們的困惑，今天與明天定為參觀實際上課狀況的日子。

「要去工房看看嗎？」

這是雷歐對於達也這個問題的回答。

「不是去競技場嗎？」

出乎意料被如此回問，雷歐咧嘴一笑。

「我看起來果然是這種風格嗎？

但也沒錯就是了。」

既然能考進這所學校，學業成績當然不會差，不過這名少年充滿活力，比較像是戶外型，老實說有種調皮的感覺。比起在工房研究精密機械，他更適合在競技場大顯身手。有這種感想的肯定不只達也一個人。

不過聽到雷歐接下來這段話，達也就承認自己的想法錯了。

「硬化魔法要和武器完美組合，才能發揮最好的效果。我好歹想學會如何保養自己使用的武器。」

「原來如此……」

雷歐說他想成為警察，而且是機動隊員或是山岳警備隊員。如果將來真是如此，那他使用警棍、盾牌、斧頭、開山刀這種單純武器的機會也很多。這些都是適合使用硬化魔法的道具，而且是否熟悉材料性質，將會大幅左右硬化魔法的效果。

看來這名同班同學，對於自己適性與生涯規畫的考量程度，遠超過外表給人的感覺。

「如果要去參觀工作室，要不要一起去？」

在兩人有所結論的時候，鄰座傳來這個有些客氣的同行邀請。

「柴田同學也要去工房？」

「是的……因為我的志願是魔工師。」

「啊，感覺我能理解。」

從美月後方加入話題的是艾莉卡。與剛才類似的這種模式，使得雷歐故意皺眉。

「妳怎麼看都適合幹粗活吧？去競技場吧。」

「我可不想被你這隻野生動物講這種話！」

你一言我一語，互不相讓。

「妳說什麼？居然大氣不喘就擅自斷言？」

艾莉卡與雷歐的拌嘴，有種你來我往的感覺。

「兩位都別吵了……今天才第一天認識耶。」

其實他們果然很合吧？如此心想的達也嘆口氣出面打圓場，但兩人可不會輕易罷休。

「哈，我們肯定從上輩子就是仇人了。」

「你是到田裡作亂的熊，我則是受聘前來殺熊的獵人！」

「各位，我們走吧！不然沒時間了。」

美月至今都是安分避免插嘴，但終於認定這樣下去會沒完沒了，所以硬是轉移話題。

「一點都沒錯！再不快走，就只剩我們還在教室了。」

達也立刻如此搭腔。被兩人連忙說出的這些話打斷，雷歐與艾莉卡以不悅的眼神互瞪，然後立刻各自撇過頭去。

◇　◇　◇

入學第二天，會共同行動的小團體就逐漸成形了。

這樣該說快？該說慢？還是理所當然？達也並不清楚。

不過，如果說目前的組合是好是壞，達也認為十之八九是好的。

艾莉卡與雷歐開朗積極，美月雖然內向卻率直純真。

由於自覺到自己是容易冷眼旁觀又消沉的個性，所以達也很慶幸高中生活首度結交的朋友，是他們這樣的人。

不過，十之八九並不是百分之百。

還有百分之十到二十的擔心要素。

不會感到卑微是件好事，不過這方面就沒辦法處理了嗎？達也深刻如此認為。

「哥哥……」

另一方面，深雪以指尖捏著達也制服衣角，以困惑又不安的眼神仰望哥哥的臉。

「深雪，不用道歉。這絲毫不是妳害的。」

為了幫妹妹打氣，達也刻意以比較堅定的語氣如此回應。

「好的，可是……要阻止嗎？」

「……應該會造成反效果吧。」

「……說得也是。不過話說回來，先不提艾莉卡，沒想到美月居然是那種個性……真是超乎預料。」

「……我也有同感。」

在一段距離外守護——或者說是觀望——的兄妹，看向如今分成兩邊互瞪，氣氛一觸即發的一群新生。其中一邊是深雪的同學，另一邊的成員不用說，正是美月、艾莉卡與雷歐。

第一幕位於午餐時間的餐廳。

第一高中的餐廳以高中餐廳來說具備相當大的規模，但因為新生還不熟悉環境，每年的這個時期總是混亂又擁擠。

不過，提早結束專門課程的參觀，先行來到餐廳的達也等四人，沒花太大工夫就占一張四人坐的餐桌了。

雖說是四人桌，也只是相對而坐的長凳座位，若是窈窕的女學生，一邊能坐三個人。

眾人吃到一半的時候（雷歐已經吃完了），在男女同學環繞之下抵達餐廳的深雪，看到達也就快步走來。

此時發生了一次糾紛。

深雪想要和達也一起用餐。雖然她的個性並沒有乖僻到拒絕與同學交流，不過達也在深雪心中是第一優先順位。

這張餐桌只能再坐一個人。要選擇同班同學還是達也？深雪甚至沒有想過這種問題。

不過深雪的同班同學，尤其是男同學，當然希望能夠和她共桌用餐。

剛開始只有委婉勸說「這麼坐很擠」或是「打擾他們不太好」，不過看到深雪堅持的程度出乎意料，就出現「和二科生共桌不太恰當」或是「一科與二科要劃清界線」這種說法，甚至有人要求已經吃完的雷歐讓位。

對於一科生任性又傲慢的言辭，雷歐與艾莉卡的情緒幾乎要爆發了。達也連忙吃完剩下的餐點，向還在用餐的艾莉卡與美月知會一聲之後，就帶著雷歐先行離席。

深雪以眼神向達也等四人道歉，沒有坐在空出一邊的餐桌座位，而是與達也走完全相反的方向離開。

第二幕是下午參觀專門課程發生的事情。

通稱「射擊場」的遠距離魔法實習教室，正在進行三年A班的實技課程。

學生會長七草真由美就在這一班。

雖然學生會成員並非依照成績甄選，不過本屆的學生會長，在遠距離精密魔法領域，被稱為十年只出一人的英才。而且她就像是在證實這樣的才華，至今為第一高中奪下許多獎盃。

新生也有聽到這樣的傳聞。

而且也在入學典禮，看到她更勝於傳聞的美麗容貌。

許多新生湧入射擊場想欣賞她的實技操作，不過能夠參觀的人數有限。既然如此，二科生大多會禮讓一科生，不過達也他們卻光明正大占據最前排的位子。

所以理所當然引人注目，而且是基於負面意義。

至於第三幕是現在進行式，美月正在大聲放話。

「差不多也該死心了吧？深雪同學說她要和哥哥一起回家，別人沒資格插嘴吧？」

對象是一年A班的學生，午休時間在餐廳看到的那些人。

現在的狀況是這樣的：放學之後，達也在等待深雪，不過跟著深雪前來的同學們，卻有人以一點小事來找麻煩，這就是事件的開端。順帶一提，引發事端的是女生。男學生終究是在意周圍（或是深雪）的目光，所以剛開始沒有多說話，不過現在已經把這種客氣心態，應該說把這種良知拋到腦後了。

「深雪同學並沒有把各位當成礙事的人吧？如果想一起回去，跟著一起走不就好了？但是各位有什麼權利拆散他們兩人？」

對於一科生蠻橫不講理的行動，首先按捺不住的人，出乎意料居然是美月。

她以禮貌的語氣，毫不留情提出中肯的論點。

而且至今也是絲毫不退讓，朝著一科生大展辯才。

是的，她的論點剛開始非常中肯，不過……

「講『拆散』似乎不太對吧……」

達也在不遠處輕聲說著。他覺得這種說法似乎有種決定性的錯誤。

「美…美月是不是誤會了什麼？」

聽到哥哥的細語，深雪不知為何慌了起來。

「深雪……為什麼妳會慌張？」

「啊？不，我沒慌張吧？」

「而且為什麼是疑問句？」

處於事件中心的兄妹也以耐人尋味的方式開始混亂時，貼心程度百分百（？）的朋友們，情緒越來越激動了。

「我們有事情要找她商量！」

與深雪同班的男同學之一如是說。

「沒錯！雖然會對不起司波同學，不過只是稍微借點時間罷了！」

與深雪同班的女同學之一如是說。

他們的任性說法，使得雷歐發出盛氣凌人的笑聲。

「哈！要商量就在自活（自治活動）的時候再說吧。應該有預留時間吧？」

艾莉卡也露出充滿挖苦態度的笑容和語氣回嘴。

「既然是商量事情，就先徵得當事人的同意吧？無視於深雪的意願，哪叫做什麼商量？這是原則問題。你們都已經是高中生了，卻連這種事情都不知道？」

艾莉卡像是故意要激怒對方的話語和態度，正如期望激怒剛才說話的男學生了。

「少囉唆！別班的傢伙，何況還是雜草，沒資格對我們花冠說三道四！」

因為帶有歧視意義，所以校規禁止學生使用「雜草」這個詞。雖然在大半場合已經成為有名無實的規定，不過即使如此，也不應該用在這種眾目睽睽的場合。

該說不出所料還是出人意外（應該是前者吧），是美月率先對這句謾罵正面起反應。

「我們同樣都是新生吧？在這個時間點，各位花冠到底在哪方面比我們優秀了？」

雖然這句話的音量絕對不大，不過美月的聲音不可思議地響遍校庭。

「……哎呀呀。」

這下不妙了。達也的這個想法，化為簡短的嘆息輕聲脫口而出。

他的輕聲嘆息，被一科生壓抑情緒的嚇息聲蓋過，只有身旁的深雪聽見。

「……如果想知道我們多麼優秀，那就告訴你們吧。」

依照校內的規章，美月的主張合情合理。不過就某種意義上來說，她也同時否定了這所學校的機制。

「哈，有意思！我務必要向各位討教一下！」

對於一科生宛如威嚇或最後通牒的這番話，雷歐拉高分貝挑釁回應。雖然事到如今有這種感想也沒用，但現在完全是「你來我往互不相讓」的狀態。

公理在美月這邊。

正因為明白這一點，所以安於現今體制的人們，無論師生都會在情感上有所抗拒。即使在此明顯違反校規，若不是美月他們這一邊所為，大多數的人都會視而不見。

儘管這種行為不只是違反校規，甚至違反法律。

「那我就告訴你們吧！」

只有學生會以及部分委員會的成員，可以在校內攜帶ＣＡＤ。

在校外使用魔法會受到法令的詳細管制。

然而，並沒有限制學生在校外攜帶ＣＡＤ。

因為沒有意義。

ＣＡＤ如今是魔法師的必備工具，但不是使用魔法時不可或缺的要素。即使沒有ＣＡＤ也能使用魔法，所以法令沒有禁止持有ＣＡＤ。

因此持有ＣＡＤ的學生，會在開始上課前將ＣＡＤ交給事務室保管，在放學時領回。

也因此，放學回家的學生持有ＣＡＤ，並不是什麼奇怪的事情。

「特化型？」

然而，要是用在其他學生身上，就是一種異常事態……不，應該說緊急事態。

如果使用的ＣＡＤ是重視攻擊力的特化型更不用說。

術式輔助演算機（CAD）分成「泛用型」和「特化型」兩種，泛用型最多可以儲存九十九種啟動式，因此對使用者造成的負擔較大。特化型只能儲存九種啟動式，不過具備輔助系統減輕使用者負擔，因此可以更快發動魔法。

依照這樣的特質，特化型ＣＡＤ大多用來儲存攻擊魔法的啟動式。

以旁觀學生的尖叫聲為背景音效，模擬手槍外型的特化型ＣＡＤ「槍口」瞄準雷歐。

這名學生並不是只有嘴裡說得好聽。

拔出ＣＡＤ的身手與瞄準的速度，明顯都是慣於和其他魔法師交戰的動作。

魔法實力大幅受到天分的影響。

同時也大幅受到血統的影響。

既然是以優秀成績進入這所學校成為一科生，即使沒有在學校受過魔法教育，肯定也有許多學生在幫忙家人、家業或親戚的過程中累積實戰經驗。

「哥哥！」

深雪還沒說完，達也就已經伸出右手了。

朝著伸手搆不到的距離伸出手。這是基於某種意義的動作嗎？還是來自思緒之外，毫無意義的反射動作呢？

無論真相為何，這個動作沒有對場中造成任何結果。

因為──

「咿！」

發出尖叫的是以槍口瞄準的一科生。

手槍造型的ＣＡＤ從他的手中彈飛了。

艾莉卡手上拿著一根不知從哪裡出現的伸縮警棍，維持著拔出來的姿勢，面帶笑容站在男學生面前。她的笑容沒有絲毫動搖或焦慮。光是看到她甚至洋溢風範的犀利收招動作，就知道她打從一開始就沒有這樣的情緒。即使同樣的事情重複一百次，艾莉卡的警棍肯定會打掉一科生的ＣＡＤ一百次。這一幕足以令人確定她擁有這樣的實力。

「以這種間距來說，動身體會比較快吧？」

「雖然我有同感，不過妳這傢伙，剛才原本想連我的手一起打下去吧？」

一解除收招狀態，艾莉卡就恢復為原本輕浮的模樣，得意洋洋如此說著。回應她的則是剛才伸手要抓對方的ＣＡＤ，在千鈞一髮之際將手抽回來的雷歐。

「哎呀～沒這回事喔～！」

「不准故意笑成這樣敷衍我！」

艾莉卡以握警棍的手抵著嘴角，發出「喔呵呵呵」這種搞不懂是不是想敷衍帶過的笑聲，使得雷歐的情緒幾乎要容忍到極限。

「我是說真的。來不來得及閃躲，只要看身手就知道了。你雖然看起來像是笨蛋，實力倒是很有水準。」

「……妳在瞧不起我吧？妳這傢伙，從一開始就瞧不起我吧？」

「所以我不是說了嗎？你只是看起來像是笨蛋。」

兩人忘了目前還在眼前的「敵人」，面對面大聲地拌嘴。使得達也、深雪以及所有人都愣在原地，不過最快回過神來的，是與他們對峙的深雪班上同學。

並不是特化型演算裝置被打掉的男學生，而是他身後的一名女學生，以手指滑過手鐲形狀的泛用型ＣＡＤ。

內藏系統開始運作，並且展開啟動式。

啟動式是魔法的設計圖，是用來直接構築魔法式的程式。

啟動式展開完成之後，位於潛意識的魔法演算領域會讀取啟動式，為座標、強度、持續時間之類的變數輸入目的值，依照啟動式記載的程序，構築想子情報體與魔法式。

在人類內部世界的演算領域構築完成的魔法式，傳送到潛意識領域最上層暨意識領域最底層的「基幹」，從意識與潛意識之間的「閘門」投射到外部情報世界。藉此，使得魔法式對投射對象「伴隨事物現象而來的情報體」——在現代魔法學，沿用希臘哲學用語稱為「個別情報體」——進行干涉，暫時改寫投射對象的情報。

有事象必有情報。

只要改寫情報，就能改寫事象。

記述於想子情報體的事象定義，會暫時改寫現實世界的事象。

這就是藉由術式輔助演算機發動的魔法系統。

構築想子情報體的速度，就是處理魔法的能力；能夠構築出來的情報體規模，就是演算魔法的極限；將魔法式改寫成個別情報體的程度，就是干涉現實的強度。現在，這三個要素被統稱為「魔法力」。

為魔法式設計圖的「啟動式」也是種想子情報體，但啟動式本身無改變事象的效果。是用來將使用者輸入的想子，轉變為訊號回傳給使用者。

簡單來說，這就是ＣＡＤ的功能，魔法師根據ＣＡＤ提供的想子情報體＝啟動式，構築出能夠改寫事象的想子情報體＝魔法式。

特化型ＣＡＤ大多製作為槍的外型，是要使用相當於槍身部分的瞄準輔助系統，在展開啟動式時就預先寫入座標情報，藉以減輕使用者的演算負擔，並不會從槍口射出想子波。

從魔法師到ＣＡＤ，再從ＣＡＤ到魔法師。

要是這樣的想子流動受到阻礙，以ＣＡＤ發動的魔法就會失效。

比方說，要是啟動式在展開或讀取的時候，受到外部的想子聚合體撞擊，形成啟動式的想子型態就會被擾亂，無法構築出有效的魔法式，使得魔法無法發動就煙消雲散。

如同現在這樣。

「住手！並非自衛卻對他人使用魔法攻擊，不只是違反校規，已經是犯罪行為了！」

女學生的ＣＡＤ正在展開的啟動式，被想子的子彈粉碎了。

將想子直接當成子彈發射，這以魔法來說是最單純的形態，只破壞啟動式卻完全沒有傷害到術士本人，這種精密的瞄準和力道控制，顯示射手的功力非比尋常。

原本想攻擊艾莉卡他們的女學生，看到說出這句話的人之後，就基於魔法之外的打擊而臉色蒼白。身體無力搖晃，得由另一名女學生從後方摟住她。

發出警告，並且以想子彈阻止魔法發動的人，是學生會長七草真由美。

總是——至少就達也至今所見——掛著微笑的臉蛋，即使是在這種時候，也沒有令人感到多少威嚴。

然而會使用魔法的人就清晰可見，規模與活性程度遠超過普通魔法師的想子光，宛如靈光籠罩著她嬌小的身體，賦予她一種不可侵犯的威嚴。

「你們是一年A班和一年E班的學生吧？解釋一下吧，跟我走。」

以評為「冷酷」也不為過的堅定語氣下令的人，是站在真由美身旁的女學生。依照入學典禮時的學生會成員介紹，她是風紀委員長，名為渡邊摩利的三年級學生。

摩利的CAD已經展開啟動式了。

要是在這時候有所抵抗，將會立刻進行武力鎮壓。這一點不難想像。

包括雷歐、美月和深雪的同學們，都說不出話僵在原地。

不是基於反抗心而不想動，而是被場中氣氛壓得無法動彈。

達也無視於這些同學——

並不是傲然虛張聲勢挺起胸膛——

也不是悄然縮起膽量低著頭——

而是以泰然自若的腳步，和靜靜陪同在身後的深雪一起走到摩利面前。

對於忽然走過來的一年級學生，摩利投以疑惑的視線。

就摩利所見，達也與深雪不像是當事人。

達也不為所動承受這樣的視線，在不失禮節的範圍之內簡單行禮致意。

「不好意思，我們胡鬧過頭了。」

「胡鬧？」

聽起來唐突的這番話，使得摩利微微蹙眉。

「是的。森崎家代代相傳的『迅發』非常有名，原本是請他示範作為參考，不過因為場面過度逼真，所以一不留神就出手了。」

剛才以CAD指著雷歐的男學生，驚訝得瞪大眼睛。

其他一年級學生，也基於和剛才不同的另一種原因啞口無言。在這樣的氣氛之中，摩利朝著艾莉卡手中的警棍，以及掉到地上的手槍型演算裝置看了一眼，再讓視線掃向剛才想違法使用CAD的男女兩名新生令他們發抖，然後看向達也露出冷笑。

「那麼，為什麼後來會有一年A班的女生想要發動攻擊型魔法？」

「應該是嚇到了吧。光是反射動作就能進行啟動程序，不愧是一科生。」

雖然回答時的表情看似認真，聲音卻有種睜眼說瞎話的感覺。

「你的朋友差點遭受魔法攻擊，即使如此，你還是宣稱這是胡鬧？」

「雖說是攻擊，但她想發動的是造成眩目的閃光魔法，而且並不是足以令人失明或產生視力障礙的等級。」

再度有人暗自噓了口氣。

冷笑轉變成感嘆。

「喔……看來你似乎可以解讀展開的啟動式。」

啟動式是用來構築魔法式的龐大資訊集合體。

對於魔法式擁有何種效果，魔法師可以經由直覺來理解。

魔法式干涉個別情報體的時候，個別情報體會抗拒改變而產生反作用力，由此可以解讀魔法式會對現實世界造成何種改變。

然而啟動式本身只是一個資訊集合體，因為情報量過於龐大，即使是發動的魔法師本人，也只能在潛意識領域進行半自動的處理。

要解讀啟動式，就像是要詳讀冗長的字串，在腦中重現字串所敘述的圖像。

能夠感受到啟動式並且進行理解，一般來說是不可能的事情。

「我不擅長實技，不過擅長分析。」

然而達也若無其事，只以「分析」兩個字，將這種超乎常理的技能帶過。

「……看來你也擅長含糊其詞。」

介於衡量斤兩和怒目相視之間的視線。

深雪向前一步，像是要保護獨自首當其衝的哥哥。

「如哥哥所說，真的是一點小誤會。

抱歉勞煩到各位學姊了。」

深雪毫無心機地當面深深低頭致歉，使得摩利露出魄力盡失的表情移開視線。

「摩利，這樣應該就行了？

達也學弟真的只是見習吧？」

怎麼不知不覺間改用名字稱呼了？雖然達也如此心想，但是真由美難得伸出援手，他當然不能拒絕。

達也使用和剛才相同的正經表情點了點頭，隨即真由美不經意露出得意洋洋——就像是暗示「欠我一次」——的笑容。

「雖然沒有禁止學生間相互交流，不過關於使用魔法，光是啟動就有各種細部限制。這部分是第一學期就會教到的內容。

在這之前，這種必須發動魔法的自習活動，還是節制一下比較好。」

真由美恢復為正經的表情如此訓誡，站在前方的摩利，也以形式上的語氣進行宣判。

「……既然會長這麼說了，這次就不予過問。今後不准發生類似的狀況。」

吳越同舟的眾人連忙站直身體同時低頭致意，摩利看也不看就轉過身去。

然而，她在踏出腳步的時候停止動作，就這麼以背對的姿勢詢問。

「你叫什麼名字？」

只有把頭轉過來的摩利，細長眼睛的一角捕捉到達也的身影。

「我是一年E班的司波達也。」

「我會記得的。」

反射性地差點說出「不用了」這三個字的達也緊閉著嘴，把嘆息吞回肚子裡。

◇◇◇

「……我可不會當成是人情啊。」

看著學生會成員消失在校舍之後，最先動手——也就是受到達也庇護的A班男學生，向達也投以帶刺的視線，以同樣帶刺的語氣如此說著。

達也露出無奈的表情看向身後。

男學生的朋友們，臉上的表情都和他相似。

至少現場沒有情緒激動過頭的人物。對此感到安心的達也，將視線移回那名帶刺的A班男學生身上。

「我沒有當成要做人情給你，所以放心吧。」

因為關鍵不是我的口才，而是深雪的誠意。」

「哥哥雖然擅長說贏別人，卻不擅長說服別人。」

「一點都沒錯。」

對於深雪狀似故意的怪罪眼神，達也以苦笑回應。

「……我的名字叫做森崎駿，正如你看穿的結論，是森崎家的直系後代。」

這對兄妹的對話，就某方面看來是一種溫馨的互動。大概是被這種氣氛挫了銳氣，少年露出比較沒有敵意的表情自報姓名。

「不要說『看穿』，不是這麼誇張的事情。

我只是看過模範實技的影片資料罷了。」

「啊，這麼說來，我好像也看過。」

「所以，妳這傢伙直到現在都沒有回想起來。妳的腦袋果然和達也差太多了。」

「講得這麼囂張是怎樣啊？居然想空手抓住正在啟動的法機，你這種笨蛋沒資格討論腦袋的好壞啦。」

「啊啊？說我是笨蛋是怎樣？」

「那個……這樣真的很危險。因為以其他魔法師的想子創造的啟動式，可能會使得魔法演算領域出現排斥反應……」

「就是這麼回事。明白了嗎？」

「艾莉卡也一樣喔。就算沒有直接用手摸，也可能會受到干涉。」

「妳放心，因為這個有進行防護加工。」

身後朋友們交談的話題，朝著頗有意義的方向繼續延伸，不過達也與森崎就這麼四目相對，一動也不動。

「司波達也，我不會承認你這個人。我們班的司波同學，應該和我們在一起才對。」

森崎丟下這番話之後，不等達也回應就轉過身去。之所以會使用這種語氣放話，就是因為不需要對方的回應吧。但也是因為意識到對方，才會使用這樣的語氣放話。

「劈頭就直呼全名，而且不加稱謂？」

所以達也宛如自言自語，卻以清楚聽得見的音量說出來的這句話，使得森崎的身體顫抖了一下。但他並沒有停下腳步，而是就這麼離開現場，這應該是某種賭氣的情緒使然吧。

達也刻意把這句嘀咕講給對方聽之後，身旁的深雪露出困惑的表情。

明明擁有自省的個性，卻會毫不猶豫為自己樹敵。這種自我毀滅型的莽撞風格，是哥哥一項很大的缺點，也是深雪從以前就很擔心的事情。

只不過，森崎的這種固執，就某方面來說更加令人不敢領教。

「哥哥，是不是該回去了？」

「說得也是。雷歐、千葉同學、柴田同學，回家吧。」

總之精神上很累了。同樣體會到這點的兩人，很有默契地相互點頭，決定離開現場。

差點導致事態惡化的那名A班女學生，此時像是要擋住去路般站在前方。不過老實說，達也今天不想再和她有所牽扯了。

達也以眼神向深雪示意，打算從她的身旁經過。

深雪理解哥哥的用意，正要說聲「明天見」道別的時候，對方卻先開口了。

「我是光井穗香，抱歉剛才說了那麼失禮的話。」

對方忽然低下頭，老實說令達也倍感驚訝。

直到剛才，這名少女雖然作風低調，卻沒能掩飾自己高人一等的意識。如今她的這種態度，簡直就像是換了個人。

「謝謝你剛才袒護我們。雖然森崎同學那樣講，但多虧大哥才沒有把事情鬧大。」

「……不用客氣。不過請不要叫我大哥，我們一樣是一年級。」

「明白了。那麼，請問我應該怎麼稱呼……」

從眼神看來，她似乎是個主觀印象很重的人。

希望不要造成什麼麻煩就好了。雖然如此心想，但達也注意不讓語氣變差，答道：

「叫我達也就可以了。」

「……明白了。」

然後，那個……」

「……怎麼了呢？」

迅速以眼神交流之後，深雪走到穗香的面前。

「……方便一起走到車站嗎？」

穗香以戰戰兢兢卻隱含某種決心的表情要求同行。

比起這番話，穗香的表情更令人感到意外，艾莉卡與美月不由得面面相覷。

雖說如此，包含她們兩人和雷歐，當然也包括達也、深雪兄妹在內，都沒有拒絕她的理由，也沒有拒絕她的道理。

◇　◇　◇

到車站為止的返家路途，有一股微妙的氣氛。

成員是達也、美月、艾莉卡、雷歐等E班四人，深雪、穗香、以及同為A班的北山雫。她就是剛才穗香看到真由美出現而站不穩時，幫忙摟住穗香的那名女學生。

達也的身旁是深雪，至於另外一邊，不知為何是穗香占據。

「……那麼，深雪同學的輔助元件，就是由達也同學調整的嗎？」

「是的，因為交給哥哥最令我安心。」

對於穗香的詢問，深雪宛如與有榮焉，得意洋洋如此回答。

「我只是稍微整理而已。因為深雪的處理能力很強，ＣＡＤ不用花太多工夫調校。」

「即使如此，也要具備足以理解演算裝置ＯＳ的知識才行。」

美月像是在窺視似的，從深雪身邊探出頭來加入對話。達也帶著苦笑的這番解釋，似乎沒有造成什麼效果。

「還要具備足以連結ＣＡＤ基礎系統的技能才行，真了不起。」

「達也同學，可以幫忙看一下我的法機嗎？」

雷歐與艾莉卡轉過頭來如此說著。

艾莉卡之所以從「司波同學」改以「達也同學」來稱呼，是因為她單方面宣稱「既然光井同學可以用名字稱呼，那我也行」，而且附帶「相對的，你也可以叫我艾莉卡就好」這個令人感謝的交換條件。美月當然也要求進行相同的交易，而且很快就付諸實行。

「不可能。我沒自信調校形狀那麼特別的ＣＡＤ。」

「啊哈，達也同學果然厲害。」

雖然難以判斷達也的回應是真心話還是謙虛，不過艾莉卡是打從心底如此稱讚。

「哪裡厲害？」

「你知道這是法機。」

聽到達也的詢問，艾莉卡拎著已縮短的警棍的掛環，轉動警棍露出開朗的笑容。

不過她的眼睛深處，隱藏著不同於單純笑容的光芒。

「咦？那根警棍是演算裝置？」

或許這才是期待的反應吧，看到美月睜大眼睛的模樣，艾莉卡滿足地點了兩次頭。

「美月，謝謝妳做出一般該有的反應。

要是大家都已經察覺，那我就沒戲唱了。」

聽到這樣的對話，雷歐更加疑惑地問道：

「……系統安裝在哪裡？依照剛才的感覺，應該不是整根都空心吧？」

「錯～除了握柄外全都空心，是以刻印型術式提高強度。你不是擅長硬化魔法嗎？」

「……把術式化為幾何學圖樣，刻在感應型的合金，注入想子就可以發動的那個？

如果是使用那種玩意，消耗的想子量可不是開玩笑的耶。妳居然不會精力透支？

說起來，刻印型的術式過度耗能，現在應該很少使用了。」

雷歐的指摘使得艾莉卡微微睜大眼睛，展現驚訝又佩服的神情。

「喔，不愧是擅長的領域。

不過很可惜，還差了一點點。

只有揮動和打中的瞬間需要提升強度，只要抓準這剎那注入想子，就不會過度消耗。

這就和『斬盔』的原理相同……慢著，大家怎麼了？」（註：以日本刀劈開硬度更高的金屬頭盔，是非常高等的技術）

反過來置身於佩服與驚嘆混合而成的氣氛之中，使得艾莉卡不自在地如此詢問。

「艾莉卡……我覺得妳說的『斬盔』，才應該是歸類在祕傳或奧義的技術。

比起單純輸入大量想子厲害太多了。」

深雪代表眾人如此回答。

這段指摘沒有其他的意思。

然而艾莉卡緊繃的表情，顯示她打從心底感到慌張。

「達也同學和深雪同學都很厲害，不過原來艾莉卡也是很厲害的人……

難道在我們高中，普通人比較稀奇嗎？」

「我覺得魔法科高中不會有普通人。」

不過美月有些脫線的發言，以及至今沉默的北山雫輕聲脫口而出的精準吐槽，使得隱藏各種隱情的這股氣氛，還沒釐清真相就煙消雲散了。

〔3〕

第一高中學生通學的車站名稱簡潔易懂，就叫做「第一高中前」。

從車站幾乎是一條路直通學校。

「共乘同一班電車再各自下車」這種狀況，在電車形態改變之後已經不復見，不過「放學到車站的這段路一起走」的狀況，在這所學校相當頻繁。

入學第二天的昨天，就已經看到很多類似例子，今天早上也從剛才就目睹許多實例。

不過達也認為，忽然就這樣也太突然了。

「達也同學……你認識會長嗎？」

「是在前天的入學典禮首度見面……應該是這樣沒錯。」

對於美月的疑問，達也自己也一起感到納悶。

「不過看不出來就是了。」

「畢竟她還特地跑過來呢。」

達也對自己的記憶力頗有自信，可以斷言自己和七草真由美是在前天初次見面。不過如同雷歐與艾莉卡所說，對方的態度實在不像是剛認識達也。

「……應該是來邀請深雪加入學生會吧？」

「……但她剛才是叫哥哥的名字。」

達也身邊有美月、艾莉卡與雷歐，已經是稱為「固定班底」也沒有突兀感的組合了。

和昨天一樣，而且至今總是與深雪一起上學的達也，會在車站裡、車站外面以及來到道路的時候，接連看到他們前來打招呼會合，就像是預先等候似的。

這並不是什麼壞事。

以一天的開始來說並不差。

然而，五人悠閒走在通往校門的短程道路時，隨著身後傳來「達也學弟～」這種客觀來看肯定很令人害臊的呼喚聲，一個嬌小的人影輕盈奔跑而來。認出這個人是誰的瞬間，達也就抱持某種毫無根據的確信了。今天肯定也會是風波不斷的一天。

「達也學弟早～」

深雪學妹也是，早安妳好。」

和深雪相比，她對自己的問候方式挺隨便的。雖然達也有這種感覺，但對方是三年級學姊，又是學生會長——

「會長，早安您好。」

所以必須謹記要恭敬有禮。

繼達也之後，深雪也恭敬行禮致意。另外三人姑且也是恭敬問候，但難免有些不敢領教的感覺。一般來說，敬畏才是正常的反應。

「會長是一個人上學？」

刻意詢問這個看了就明白的問題，也是在詢問她是否要一起走。

「嗯，早上沒有特別和朋友約好一起上學。」

這個肯定，也是在肯定達也的言外之意。

不過即使如此……還是有點裝熟的感覺。

「而且我有些話想和深雪學妹談一談……方便一起走嗎？」

這番話是對深雪說的。雖然語氣頗為輕鬆，但輕鬆的程度不一樣。

看來不是達也多心了。

「好的，我不在意……」

「啊，不過並不是要講什麼悄悄話。

還是說晚點再談？」

她說完之後露出微笑，看向保持距離僵在一起的另外三人。

「會長……總覺得只有一個人受到不同的待遇，是我誤會了嗎？」

三人以言語和動作表示「絕對沒有這回事」，真由美以滿滿的笑容向他們三人致意。相對的，達也無法掩飾臉上的不悅神情。

「咦？有這麼一回事嗎？」

雖然像是事到如今才更改措辭，不過即使想佯裝不知情，語氣與表情就令她穿幫了。

「是要談學生會的事情嗎？」

達也不會因為這種事情就生氣，但是心情上難免受到影響。

深雪連忙把話題拉回自己身上。

「是的，我想要找個機會好好說明一次。」

今天午餐有什麼預定嗎？」

「應該會在餐廳用餐。」

「和達也學弟一起？」

「不，畢竟我和哥哥不同班……」

大概是回想起昨天的事情吧。

對於微微低頭回答的深雪，真由美露出知情的表情頻頻點頭。

「畢竟有不少學生會計較一些奇怪的事情。」

達也悄悄看向旁邊。

美月果然也頻頻點頭。昨天的事件似乎仍令她相當在意。

不過會長，這種話從您口中說出來會有問題吧？達也在心中如此嘀咕。

「那麼，要不要在學生會室一起用餐？不介意吃便當的話，那裡有配膳機。」

「……學生會室有設置自動配膳機？」

總是凡事不為所動的深雪，無法掩飾驚訝的神情如此回問。

而且也帶著無言以對的感覺。

會在機場無人餐廳，或是長程列車的餐廳車廂設置的自動配膳機，為什麼會設置在高中的學生會室？

「雖然在妳答應加入前，我不太希望先講這件事，不過有時候工作會拖到很晚。」

真由美露出難為情的害羞笑容，繼續邀請深雪。

「而且如果是在學生會室，達也學弟一起來也不成問題。」

在這時，真由美瞬間變成壞心眼，講白了就是邪惡的笑容，難道是達也看錯了？

不過即使是看錯，這也無疑是一種令人頭痛的說法。

「……應該會有問題吧？我可不想和副會長產生摩擦。」

雖然不打算干涉妹妹加入學生會的事情，但達也不得已插嘴了。

入學典禮當天，從真由美身後瞪著達也的男學生，應該是二年級的副會長。

那對視線只代表著一種無從誤會的意思。

要是達也不以為意前往學生會室吃午餐，幾乎可以肯定對方會主動找碴。

不過，真由美似乎沒能立刻明白達也的話中含意。

「副會長……？」

真由美微微歪過腦袋，接著立刻以做作的模樣輕拍手心。

「如果是在說範藏學弟，那你不用在意喔。」

「……難道說，您剛才是在講服部副會長？」

「是啊，怎麼了？」

達也在這一瞬間下定決心，一定要避免被真由美亂取稱號。（註：日文「範藏」與「半藏」同音，達也誤以為真由美以知名忍者「服部半藏」為副會長取暱稱）

「因為範藏學弟中午都是在社辦吃飯。」

無視於達也的想法——這也是理所當然的——真由美不改臉上的笑容繼續邀請。

「不然的話，大家一起過來也沒關係喔。因為讓大家知道學生會的工作內容，也是我們的職責之一。」

不過，對於真由美的社交邀請，有一個人以完全相反的語氣推辭了。

「雖然難得有這個機會，但還是請容我們委婉拒絕。」

即使用到「委婉」兩個字，卻是相當堅定的回應與拒絕。

艾莉卡展現的意外態度，使得場中出現尷尬的空氣。

然而，既然沒能得知她真正的想法，就沒辦法駁回她的意見，甚至也不能搭腔。

「這樣啊？」

只有真由美的笑容依然沒變。

與其說是遲鈍，不如說是明白某些眾人不知道的事情……

雖然沒有根據，但是達也有這種感覺。

「那麼，至少請深雪學妹兩位過來吧？」

深雪以眼神詢問達也該怎麼做。

若是直到剛才的狀況，就還有拒絕餘地。但考量到艾莉卡展現的態度就難以婉拒。

「……明白了，那就由我和深雪過去叨擾了。」

「這樣啊，太好了。那麼細節就到時候再談。

等你們喔。」

不知道為何開心成這樣的真由美輕盈轉身後，以幾乎要踩起小跳步的腳步離開。

明明是前往同一所學校，目送她離去的五人腳步卻很沉重。

達也嘆了口氣。

◇◇◇

然後很快就是午休時間了。

雙腳好沉重。

鍛鍊至今的身體，可沒有柔弱到爬個兩層樓就累癱倒下。

真正沉重的是心情，雙腳沉重只是一種比喻，但是不想前進的意義相同。

相較於達也，深雪的腳步很輕盈。

總之，達也並沒有遲鈍到不知道她在期待什麼，所以也沒有刻意提問。

四樓走廊盡頭就是他們的目的地。

外表和其他教室一樣是夾板拉門。

差別在於嵌在門板中央的木雕門牌、牆上的對講機，以及巧妙偽裝的各種保全設備。

門牌刻著「學生會室」四個字。

受邀的是深雪，達也只是順便受邀，所以敲門的任務就讓給深雪了（這當然只是譬喻，實際上不是敲門，是按鈴）。

深雪以端莊的聲音說出來意，對講機傳出開朗的歡迎話語回應。
門鎖隨著必須豎耳才聽得到的細微聲響解開了。
達也握住拉門把手，像是要保護妹妹般傾斜上半身開門。
他知道應該沒有任何需要警戒的地方。
這是早已灌輸在他們兄妹身上的習慣。
——當然，並沒有發生任何事。
「歡迎光臨。不用客氣，進來吧。」
正面深處的桌旁傳來這樣的聲音。
真由美在向兩人招手。她臉上的笑容，令人好想找機會問她為什麼會如此開心。
深雪先進門，接著是達也。達也在距離門口一步，深雪在距離門口兩步的位置停下。
深雪合起雙手看向下方，展現出宛如可以當成禮法範本的鞠躬動作。
這種洗鍊的動作，達也實在學不來。
妹妹的禮法與用詞遣字，是達也幾乎沒有接觸過的已故生母所傳授。
「那個……感謝妳這麼有禮貌。」
深雪展現即使在宮廷晚宴也通用的禮法，使得真由美也有些退縮。
還有另外兩名學生會成員在場，卻完全受制於這股氣氛。

還有一個人，除了學生會成員之外唯一在場的風紀委員長，依然保持平靜的表情。但是即使不是達也，也看得出來她是略微逞強擺出一張撲克臉。

我妹妹這次似乎挺認真——達也如此心想。

不過深雪為何做出這種近乎威嚇的舉動，達也無法理解。

「請坐，事情就邊用餐邊談吧。」

或許是被深雪的先發攻擊打亂了步調，真由美原先那種講好聽是和善，講難聽是裝熟的語氣消失了。

她伸手所指的位置，應該是開會用的長桌。

在這種時代，這張長桌卻沒有內藏情報終端裝置，應該是考量到會當成餐桌使用吧。

無論如何，達也走向以學校器材來說挺罕見的沉重木製長桌，先拉椅子讓深雪坐，自己再坐在她身旁的下位。

如果是平常，妹妹總是堅持要讓哥哥坐上位，不過深雪她明白今天的主角是自己，所以勉強忍耐下來了。

「肉類、魚類和素食，兩位要哪一種？」

不只是設置自動配膳機，而且還可以選擇種類，令人無言以對。

達也選擇素食，深雪也跟進了。收到兩人要求的二年級女學生——記得是擔任書記的中条梓——操作著設置在牆邊，大約日式衣櫃那麼大的機器。

再來只要等待就好。

真由美坐在主位，往旁邊看去，坐在深雪正對面的是三年級女學生，再往旁邊看去，坐在達也正對面的是風紀委員長，再旁邊則是梓。眾人依序就坐之後，稍微恢復個人步調的真由美打開了話匣子。

「雖然在入學典禮介紹過了，不過為求謹慎，我還是再介紹一次吧。我旁邊這位是會計市原鈴音，通稱鈴妹。」

「……只有會長會這樣稱呼我。」

鈴音五官工整卻給人嚴厲的印象，加上身材高眺手腳修長，這樣的容貌與其說美少女，更適合以美女來形容。

比起「鈴妹」，「鈴音小姐」比較符合她給人的形象。

「旁邊這位應該認識吧？她是風紀委員長渡邊摩利。」

對話沒有成立，不過沒有任何人在意，大概是已經習以為常了。

「接著是書記中条梓，通稱小梓。」

「會長……求求妳，請不要在學弟妹面前叫我『小梓』。我也有立場要顧。」

她比真由美還要嬌小，而且又是娃娃臉，雖然她本人不是刻意這麼做，不過微微上揚的溼潤雙眼，看起來就像是鬧彆扭快要掉淚的小女孩。

原來如此，所以叫做「小梓」——達也如此心想。對她本人有點過意不去就是了。

「再加上另一位，也就是副會長範藏學弟，就是本屆的學生會成員。」

「我可不是。」

「沒錯，摩利不是學生會成員。

啊，餐點似乎準備好了。」

自動配膳機的面板開啟，毫無個性卻精準盛裝的餐點，擺放在托盤上運送出來。

合計五份。

少一份……如此心想的達也，當然知道自己不應該講這種話。在達也心想該怎麼辦的時候，摩利在他面前緩緩取出一個便當盒。

看到梓起身，深雪也站了起來。自動配膳機正如其名，擁有自動配膳的功能，但如果不是對應機器的餐桌，自己動手來還是比較快。

梓先把自己的份放在桌上，再以雙手端起真由美和鈴音的份。

接著深雪端來自己與達也的份，這場奇妙的餐會就開始了。

首先是聊些無關緊要的話題。

雖說如此，達也這邊和真由美她們幾乎沒有共通的話題。

所以自然而然聊起現在所吃的料理。

因為是自動調理，所以在所難免只是冷凍食品，不過最近的加工食品和一般料理比起來並不遜色。但即使如此，也只是和「平均標準」做比較，依然欠缺了一些味道。

「請問那個便當是渡邊學姊親手做的嗎？」

深雪這句話，單純只是想讓對話更加圓融，肯定沒有其他的用意。

「沒錯……意外嗎？」

但聽到深雪如此詢問，摩利點頭後以頗為壞心眼的語氣，給了這個難回答的詢問。

並不是真的要挖苦，只是稍微捉弄這個過於成材的學妹。

「不，完全不會。」

不過在讓深雪本人狼狽之前，她身旁就間不容髮回以否定的話語了。

「……這樣啊。」

達也的目光落在摩利手邊——也就是手指。是交給機器，還是親自下廚，廚藝有達到什麼程度……摩利感覺像是一切都被看透，不禁有點難為情。

「我們明天也開始帶便當吧？」

深雪隨口說出的這句話，使得達也自然而然移開視線。

「深雪的便當很吸引我，不過吃的地方就……」

「啊，說得也是……得先找地方才行……」

兩人的對話──與其說是對話內容，不如說對話時的氣氛，以這個年紀的異性親人來說，給人過於親暱的感覺。

「……就像是情侶的對話耶。」

鈴音面不改色就扔出這顆炸彈。

「是嗎？不過我曾經想過，如果我們沒有血緣關係，我會想和她交往。」

但是達也隨口如此回應，使得這顆炸彈以未爆彈收場。

不對，以這種狀況應該是誤爆。

「……我當然是開玩笑的。」

看到梓真的臉紅，達也一臉正經淡然告知，絲毫沒有慌張的神色。

「你真是個無趣的男人。」

「我有這樣的自覺。」

達也以平板的語氣，回應摩利一臉無趣的這句評語。

「好了好了，摩利，別再說了。雖然我能體會妳不甘心的想法，不過達也學弟似乎沒這麼好應付喔。」

大概是覺得這樣會沒完沒了吧，真由美露出苦笑打圓場。

「……也對。

我收回前言。達也學弟，你是個有趣的男人。」

摩利咧嘴一笑──明明是漂亮的女學生，笑容卻挺有男子氣概──修改評語。

繼學生會長之後是風紀委員長。

感覺自己似乎快習慣他人以名字稱呼了。

「差不多進入正題吧？」

雖然有點唐突，不過高中的午休時間並沒有很長。

而且也用完餐了，因此對於真由美恢復制式語氣的話語，達也和深雪一起點頭回應。

「本校重視學生的自治，因此學生會在校內擁有很大的權限。

不只是本校，公立高中普遍都有這樣的傾向。」

達也點頭附和。重視管理或是重視自治，就像是反覆來回的潮汐，雖然程度略有差別，卻是經常此消彼長的風潮。日本自從在三年前的沖繩防衛戰獲得完全勝利，因而提升在國際的發言份量之後，至今因為外交處於劣勢影響內政，導致過度重視管理的社會傾向，形成一股反作用力，使得現在的社會變得過度重視自治。不過也基於這股反作用力，某些嚴格管理的私立高中受到家長們的歡迎，可見這個世界無法以單純的方式來衡量。

「本校學生會沿襲傳統，大權掌握在學生會長手中，或許可說是總統或是極權型。」

聽到這番話而感到不安，對於真由美來說應該是很失禮的事情。

達也將內心的韁繩拉緊。

「學生會長是經由選舉選出，不過其他成員由學生會長選任，是否解任也是基於學生會長的一己之見。各委員會的委員長除了少數例外，學生會長都擁有任免權。」

「我所擔任的風紀委員長就是例外之一。是由學生會、社團聯盟、教職員會各指派三名風紀委員，再互選出委員長。」

「所以，摩利就某方面的意義來說，擁有和我同等級的權限。

基於這樣的機制，學生會長有固定的任期，不過其他成員沒有任期限制。

學生會長的任期是從十月一日到隔年的九月三十日為止。這段期間，學生會長可以自由任免前述成員。」

雖然差不多明白用意了，不過達也沒有插嘴，只有再度點頭表達理解之意。

「這是每年的慣例，擔任新生代表的一年級學生，會受邀加入學生會，用意就是要培養繼承人。至於成為學生會成員的一年級學生，雖然並不是將來肯定會獲選為學生會長，不過這五年來一直是這樣的模式。」

「會長也是以首席成績入學吧？了不起。」

「啊～嗯，是的。」

真由美眼神亂飄羞紅臉頰，支支吾吾如此回答。

達也的詢問算是一種客套話。答案從一開始就顯而易見，而且應該已經習慣別人這麼說了，但真由美還是表現出害羞的模樣。

不是裝出來的，而是真的害羞，該說她一點都不世故嗎……使她看起來頂多只像是同年紀的女孩——不過，或許「只因為這種事就真的表現出害羞模樣」全都是她刻意裝出來的。

「咳咳……深雪學妹，我希望妳能進入學生會。」

以這種場合，「進入學生會」的意思不用多說，當然就是「成為學生會的成員」。

「願意接受邀請嗎？」

深雪將目光落在手邊片刻，轉頭朝著達也投以詢問的眼神。

達也微微點頭。這個動作隱含著推她一把的意思。

深雪再度低著頭，等到抬起頭來時，不知為何露出一副鑽牛角尖的眼神。

「請問會長知道哥哥的入學成績嗎？」

「——？」

完全超乎預料的演變，使得達也差點喊出聲來。

妹妹為何忽然講出這種話？

「嗯，我知道喔，真的很厲害……

老實說，我請老師偷偷拿答案卷給我看的時候，我失去自信了。」

「……既然會長想邀請成績優秀的精明人材加入學生會，我認為哥哥比我合適。」

「喂，深……」

「如果是文書工作，我認為與實技成績無關，知識與判斷力反而比較重要。」

對方還沒說完就打斷，並且陳述自己的意見，這種狀況很少發生在深雪身上。

而且如果對象是達也，更可以說是幾乎沒發生過。

「關於您邀請我加入學生會，我感到十分榮幸，也非常樂意略盡棉薄之力，不過可以讓哥哥也一同加入嗎？」

達也好想掩面仰天長嘆。

原來自己對妹妹造成如此不良的影響了。

內舉不避親到這種程度，只會令人感覺不悅。她應該是個明白這種道理的女孩才對。

這種做法與其說是盲目，更像是明知故犯。

「很遺憾，這一點辦不到。」

這句回答並非來自受到詢問的學生會長，而是來自鄰座。

「學生會成員要從第一科的學生選出，這不是不成文規定，而是正式規定。

這項規定是學生會長享有之任免權的唯一限制，也是在學生會制度以現有形式定案時所訂立的。如果要推翻這項規定，必須在全校學生參加的學生總會議做出決議，才能夠修改制度。決議票數必須超過在校學生總數的三分之二，在一科生與二科生人數幾乎相同的現狀，要修改制度其實是無稽之談。」

鈴音以平淡又略感抱歉的語氣如此告知。

聽她的語氣就能夠明顯體會到，對於把一科生與二科生分為花冠與雜草的現行歧視體制，她也抱持著反對的想法。

「……非常抱歉，請原諒我不懂分寸，在言語上有所冒犯。」

所以深雪也能如此率直致歉。

對於起身深深低頭致歉的深雪，沒有人加以責備。

「嗯～那麼就請深雪學妹加入本屆學生會擔任書記，妳願意嗎？」

「好的，我會盡力而為，請各位多多指教。」

深雪再度低下頭，不過這次沒有剛才那麼隆重了。真由美露出滿臉笑容點頭回應。

「具體的工作內容就請妳問小梓囉。」

「所以說會長……請不要叫我小梓……」

「如果不會造成困擾，方便從今天放學開始就過來嗎？」

真由美無視於旁邊幾乎要哭出來的抗議，自顧自地進行著話題。

「深雪。」

在妹妹轉頭想說些什麼前，達也就以簡短兩個字，加上略微強硬的語氣勸她答應。

深雪以眼神示意，並且重新正對真由美。

「明白了。放學之後過來是嗎？」

「是的，深雪學妹，我等妳。」

「請問～為什麼我是『小梓』，司波學妹就是『深雪學妹』呢……？」

這個問題就某方面來說理所當然，不過再度被無視了。

……達也開始覺得梓挺可憐的。

「……距離午休時間結束還有一段時間。方便我說幾句話嗎？」

不過梓的問題被無視，並不是基於惡整或是捉弄之類的原因，而是緩緩舉手的摩利吸引了眾人的注意。

「風紀委員會裡，由學生會指派的人選額度，還有一個去年畢業生的空缺沒補。」

「妳不是說正在物色人選嗎？摩利，新學年開始還不到一個星期，不用這麼急吧？」

真由美有些不滿地安撫摩利的急性子舉動，但是摩利不予理會。

「記得依照學生會成員的選任規定，學生會成員必須從學生會長以外的第一科學生選任，是

「是的。」
真由美露出無可奈何的表情點了點頭。
「限制得從一科生選任的職位，只有副會長、書記和會計吧？」
「是的，因為學生會固定由會長、副會長、書記與會計等職務組成。」
「換句話說，由學生會指派的風紀委員，即使挑選二科生也不會違反規定。」
「摩利，妳……」
真由美將眼睛睜得老大，鈴音和梓也露出啞口無言的表情。
這項提議似乎與深雪剛才的發言一樣，令人倍感意外。
達也心想，這位叫做渡邊摩利的三年級學姊，似乎有著相當愛亂來的個性。
然而——
「非常好！」
「啊？」
真由美出乎預料的開心反應，使得達也不由得發出愚蠢的聲音。
「沒錯，既然是風紀委員就沒問題了。
摩利，學生會指派司波達也擔任風紀委員。」

過於突然的演變造成的動搖，也只是一瞬間的事情。

「請等一下！那我自己的意願呢？

何況我還沒聽各位說明風紀委員的工作內容吧？」

與其說是基於理性思考的發言，不如說達也是依照直覺感受到的危機如此抗議。

「關於學生會的工作內容，我們也還沒向你妹妹具體說明吧？」

「……不，話是這麼說沒錯……」

——然而達也的抗議，因為鈴音這番話而出師不利。

「沒關係，鈴妹，現在說明不就好了嗎？

達也學弟，所謂的風紀委員，是負責維護學校風紀的委員。」

「…………」

「…………」

「……只有這樣？」

「雖然只用聽的似乎沒什麼，不過是很辛苦……更正，很有成就感的工作喔。」

總之，關於她笑著帶過的部分暫時不追究。

重點在於兩人的溝通失去了基本上的交集。

「我不是這個意思……」

「嗯？」

看來似乎不是在裝傻。

達也將視線往右移。

鈴音的眼中有同情的神色。

不過，似乎沒有幫忙的意思。

看向下一人。

摩利正在看好戲。

看向下一人。

視線一相對，梓的眼中就浮現狼狽的神色。

繼續盯著看。

緊盯著她慌張左右猶疑的雙眼，專注窺視。

「那⋯⋯那個，本校的風紀委員會，是取締違反校規學生的組織。」

——她的個性和外表一樣軟弱。

「雖說是風紀，不過像是服裝糾正或遲到監控，是由自治委員會每週輪班進行。」

在這個保守卻個性強烈的學生會，她真的待得下去嗎？

即使是自己要求說明，達也卻稍微擔心起她了。

「……請問，到目前為止有什麼問題嗎？」

「不，麻煩繼續說明。」

「啊，好的。

風紀委員的主要任務，是舉發違規使用魔法的學生，及取締使用魔法的爭鬥行為。

風紀委員長有權對違反者決定罰則，並且會擔任學生這邊的代表，與學生會長一起出席懲戒委員會表達意見。

換句話說，風紀委員會是警察兼檢察的組織。」

「哥哥，這不是很厲害嗎！」

「不，深雪……拜託不要這麼快就露出這種決議通過的眼神……

為求謹慎，請容我確認一件事。」

「什麼事？」

達也的視線不是對著進行說明的梓，而是對著摩利。

「依照剛才的說明，要是有人發生爭鬥，風紀委員就必須以實力阻止，是吧？」

「嗯，算是吧。即使對方沒有用到魔法，這也是我們的任務。」

「而且要是對方使用了魔法，就必須要阻止不可。」

「可以的話，希望能在動用魔法之前阻止。」

「恕我冒昧說一句話！我就是因為實技成績太差，才會是二科生啊！」

達也終於拉高音量了。

所以擔任這項職務的前提，不就是要擁有足以用魔法制服對方的實力嗎？

無論再怎麼想，都不是魔法技能較差的二科生能勝任的職務。

然而受到詰問的摩利，以毫不在乎的表情，乾淨俐落回以一個簡潔過頭的答案。

「無妨。」

「為什麼？」

「需要較量實力的時候，有我在……喔，午休時間快結束了。

我想在放學之後繼續談，可以吧？」

午休時間確實即將結束，而且這個話題確實不能不了了之。

「……我明白了。」

感覺要是再來這裡，將會陷入進退維谷的狀態，但是達也只能選擇以這句話答覆。

「那麼，晚點再來一趟吧。」

達也壓抑著心中感受到的蠻橫感點頭允諾，他身旁的深雪雖然關心哥哥的情緒，卻也無法掩飾喜悅之情。

◇　◇　◇

教學用的終端裝置普及之後，廢除學校的論點曾經成為熱門話題。因為能用網路進行教學，所以刻意花費長時間通學只是浪費光陰，也是浪費能源。結果，廢除學校的論點，並沒有從熱門話題進一步成真。

因為經過類似人體實驗的學術研究之後，有兩件事得以證實。第一，即使人機介面再怎麼進步，虛擬體驗終究不是現實。任何實習或實驗，如果不是能夠即時進行問答的現實體驗，就無法產生足夠的學習效果。第二，同年紀學生進行集團學習，能夠促進學習的效果。

一年Ｅ班正在進行這樣的實習課程。

雖說如此，但現場並沒有能夠即時進行問答的老師。學術研究的成果並不一定會合理受到採用，這就是淺顯易懂的實例。

Ｅ班的學生們依照牆壁螢幕顯示的操作手續，操作著固定式的教學用ＣＡＤ。今天的課程內容是入門中的入門，要學習如何操作這種上課會用到的機器。

雖然實際上只是導覽介紹，但果然還是有作業要做。因為沒有老師現場監督，所以作業是唯一的修課衡量標準。今天的作業是使用這種ＣＡＤ，讓三十公分長的小型推車，沿著軌道在兩端連續來回三次。不用說，當然不能用手碰觸推車。

「達也，待在學生會室的感覺怎麼樣？」

達也排隊等候使用ＣＡＤ時，雷歐忽然從身後戳了他幾下，隨即詢問這樣的問題。

他的表情沒有暗藏心機，純粹只是充滿好奇。

「狀況變得很奇妙……」

「奇妙？什麼意思？」

排在達也前面的艾莉卡，輕盈轉過身來歪過腦袋。

「對方居然要我擔任風紀委員。

為什麼會突然這樣？」

達也和艾莉卡一起歪過腦袋。他真的滿腦子只想問「為什麼」。

「這樣確實很突然耶。」

雷歐似乎也覺得很唐突。

「不過學生會居然主動指派，這樣不是很厲害嗎？」

然而美月似乎有著不同的解釋。為了再度挑戰（雖說如此，但她剛才並沒有失敗）而走向隊列最後面的她停下腳步，向達也投以佩服的目光。此時兩邊的隊列出現些許的騷動，大概是其他同學也和美月有同感吧。

「會厲害嗎？我只是沾了妹妹的光啊。」

不過，達也無法率直接受美月的稱讚。
對於達也近乎頑固的質疑態度，艾莉卡微微露出苦笑。
「好了好了，用不著這麼自虐。所以風紀委員是什麼樣的工作？」
聽到艾莉卡的詢問，達也將梓說明的內容簡單扼要轉述一遍。在轉述的過程中，三人的眼睛越睜越大。
「這工作聽起來真麻煩……」
雷歐如此嘆息，他身旁的美月則是換了一個態度，露出擔心的表情。
「這樣不是很危險嗎……艾莉卡，妳怎麼了？」
不知為何，艾莉卡露出不太高興，甚至像是在生氣的表情。
「……真是的，有夠任性……」
艾莉卡的視線隱約錯開。她看著半空輕聲說出的句子，是在責備不在場的某人嗎？
「艾莉卡？」
「咦？啊，抱歉，這真的很過分耶。達也同學，這麼危險的工作，你還是推掉吧！」
艾莉卡讓險惡的表情變成惡作劇的表情，刻意以開朗的口氣如此勸說。
「咦咦，聽起來不是很有趣嗎！答應吧，達也，我會幫你加油。」
雖然知道艾莉卡在以玩笑話轉移話題，但她是想隱瞞什麼嗎？

「可是，如果要介入他人的爭執進行仲裁，可能會被攻擊魔法波及耶。」

達也大致明白艾莉卡所說「任性的人」是誰。

「是啊，而且肯定也會有人因而遷怒。」

然而以氣氛來說，不太方便確認這件事。

「但比起讓那些愛擺架子的一科生出風頭，不覺得讓達也擔任比較好嗎？」

而且達也不想擅闖他人的隱私。

「唔～……這麼說或許沒錯。」

「艾莉卡，不可以同意啦！只要大家別爭執不就行了嗎？」

「不過美月，即使我們沒這個意思，有時候也得處理池魚之殃吧？就像昨天那樣。」

「唔，這……」

「畢竟在這個世界上，被陷害或是背黑鍋的狀況比比皆是。」

而且達也認為現在該做的，是阻斷這股不知何時有反自己期望的局勢。

「艾莉卡，輪到妳了。」

「啊，抱歉抱歉。」

在達也的催促之下，艾莉卡有些慌張上前就定位。光是看她的背影就知道她頗為投入，沒有因為剛才的閒聊而鬆懈精神。看來她有能耐確實切換心情。雖然她看起來一副輕佻的樣子，但或許她其實是生性認真的人。

艾莉卡的背微微起伏，應該是正在緩緩吸氣。

片刻之後，隔著艾莉卡的身體，可以「看見」前方的想子波動。這是肉眼無法視認，不過魔法師感受得到的光線。而這是展開啟動式及緊接著發動魔法式後，未使用完畢所剩下的想子光。技術越好的魔法師，釋放出來的過剩想子光就會越少，以高一生來說，艾莉卡的等級還算不錯。但過剩想子光要是達到某種等級，就會因為光子相互干涉而產生物理發光現象，既然沒有這樣的現象，或許可以說她確實掌控了自己的力量。

放在ＣＡＤ前方的推車開始移動，到了盡頭之後折返，總共三次。大概對於本人來說也是滿意的結果吧，就在後方的達也，看到艾莉卡像是叫好般悄悄握緊右拳。和剛才練習時比起來，推車的動作確實比較俐落，具體來說就是速度變化的幅度比較大。

這場實習要將推車加速移動到軌道中央，接著減速到軌道盡頭停止後，再逆向進行加速和減速……總共重複三次。登錄在ＣＡＤ的啟動式，是可以實行六次加減速的魔法式設計圖，由於沒有指定速度，所以這部分會反映出學生自己的力量，推車動得快就代表魔法用得好。

艾莉卡面不改色，完全看不出剛才有暗自握拳的樣子，就這樣走到隊列最後面，也就是美月的後面。接著輪到達也站在固定式的ＣＡＤ前面。

整個裝置約有活動邊櫃那麼大。達也以踏板按鈕調整ＣＡＤ腳架的高度，把手心按在裝置上方整面的白色半透明面板上，然後輸入想子。

回傳的啟動式帶有雜訊，令達也差點皺眉。他忍耐著這種感覺構築魔法式。

推車像是卡到兩三次之後順利移動。

今天的實作只是為了讓學生習慣實習用CAD，並沒有計時。

所以，有件事只有達也自己知道。

讓推車動起來的時間，明顯比艾莉卡晚得多。不，不只是艾莉卡，在E班的二十五人之中，達也應該排名倒數吧。

推車的速度沒有輸給其他學生，所以並不會特別顯眼。

然而達也確實自覺到這種令人嘆息的結果。

◇◇◇

感謝朋友們沒有投以嫉妒的情緒。

然而被「加油喔～」這樣的說法歡送，該說步調因而亂掉嗎，反而懊惱起來了。

何況達也自己就完全沒有意願，所以這種感受更加強烈。

放學之後，達也拖著比午休時間更沉重的腳步，來到了學生會室。

雖然整體氣氛不太體面，但因為能夠理解達也的複雜心情，所以深雪沒多說什麼。認證系統已經登錄兩人的學生證（雖然不太願意被當成確定要加入學生會，但是真由美與摩利駁回抗議），所以兩人直接進入。

在這時，隱藏著明確敵意的銳利視線迎接著達也。視線源自於連接牆上工作站的控制台的後方，午休時間沒人坐的那個位子。

「打擾了。」

雖然很悲哀而且不值得自豪，不過達也很習慣這種視線和氣氛。達也維持原有的表情默默點頭致意之後，敵意宛如沒出現過一樣煙消雲散。雖說如此，對方並不是解除了對於達也的敵意，只是將注意力移到代替哥哥站在前方的深雪。這一點不用他人刻意說明也顯而易見。

投以視線的這個人起身走向兄妹。不，形容成走向深雪比較正確。達也對這個人的長相有印象，他是在入學典禮時，在真由美身後待命的二年級學生，也就是學生會的副會長。

副會長的身高與達也差不多，體格瘦了一點。

容貌工整卻沒有值得一提的地方，體型也沒有明顯的特徵。雖然外型不會給人強烈的印象，但是侵蝕著身旁空氣的想子光輝，顯示出這名少年的魔法力相當卓越。

「我是副會長服部刑部。司波深雪學妹，歡迎來到學生會。」

聲音有點神經質，不過考量到對方的年齡，可說是已經相當克制了。

右手之所以動了一下，應該是原本想握手卻打消了念頭。

至於打消念頭的原因，達也不想追究。

服部就這麼完全無視於達也就回座了。深雪背上冒出不悅的氣息，但瞬間就消失了。除了站在身後的達也，應該沒有任何人察覺。看來妹妹有在努力自制——達也暗自鬆了口氣。

完全不知道達也心中的擔憂——剛認識不久尚未熟悉彼此，所以這也是在所難免——也沒有在意副會長始作俑者的行為，兩聲隨性的招呼聲傳入達也耳中。

「喲，來了嗎？」

「歡迎光臨，深雪學妹。達也學弟也辛苦了。」

完全把兩人當成自己人，輕鬆地舉手示意的是摩利，自然對兩人表現不同待遇的是真由美。不過她們的反應並沒有影響到達也的心情。達也早就達到「在乎這兩位學姊的反應也無濟於事」的境地了。

「事不宜遲，小梓，麻煩妳囉。」

「……是。」

這位應該也已經達到認命的境地了。梓瞬間哀傷看向下方，以生硬的笑容點了點頭，然後帶領深雪前往牆邊的終端裝置。

「那麼，我們也換個地方吧。」

感覺摩利的說話方式不到一天就大幅改變，但達也認為這種輕浮才是摩利的本性。

「要去哪裡？」

然而達也同樣不是出身於會注意語氣的貴族世家，只有簡潔回應摩利的告知。

「風紀委員會總部。一邊參觀一邊介紹應該比較好懂。

總部就是正下方的房間，雖說如此，其實這兩個房間是相連的。」

對於摩利的回答，達也的回應慢了半拍。

「……好奇特的構造。」

「我也這麼認為。」

摩利如此說著並且離席，卻在起身時受到制止。

「渡邊學姊，請稍等一下。」

叫住她的是服部副會長。對於這個聲音，摩利以現今很少聽到的名稱回應。

「怎麼了，服部刑部少丞範藏副會長？」

「請不要連名帶姓叫我！」

達也不由得看向真由美。

對於他的視線，真由美露出「嗯？」的模樣歪過腦袋。

沒想到「範藏」居然是本名……完全出乎達也的預料。

「那就服部範藏副會長。」

「我是服部刑部！」

「那不是名字，是你們家的官階吧？」（註：「刑部少丞」為日本古代官階名稱）

「現在已經不是官階了，學校也有受理我使用『服部刑部』這個姓名！……不對，我不是要講這種事！」

「是你自己太在意吧？」

「好了好了，摩利，範藏學弟也有一些不能讓步的原則吧？」

眾人的視線一起刺向說出這番話的真由美。

視線意味著「妳沒資格這麼說」。

然而，這樣的視線對她完全無效。

或許她甚至沒有察覺吧。

而且不知為何，服部也沒有多說什麼。

不太像是因為拿她沒轍。

服部對真由美的情感與摩利有著不同之處。窺見這一點的達也頗感興趣。

——前提是以旁觀的角度來看。

不過，達也身為觀眾的時間只有維持片刻。

「渡邊學姊，我想與您討論風紀委員遞補的事情。」

衝上來的血氣瞬間消退。服部恢復冷靜，就像是在欣賞慢動作影片。

「怎麼了？」

「我反對任命那個一年級擔任風紀委員。」

服部冷靜地，或者說壓抑所有情緒表達著意見。

摩利不禁蹙眉，而且看起來並非刻意演出來的。這張表情代表她感到意外？感到煩躁？還是反映著何種情緒？這方面不得而知。

「講這什麼話？指派司波達也學弟擔任學生會選任委員的是七草會長，即使只是口頭指派，也擁有同等的效力。」

「聽說他本人沒有答應，在當事人接受之前，並不算是正式的指派。」

「這是達也學弟的問題。學生會長已表達學生會的意願，決定權在他，不在你。」

摩利交互看著達也與服部如此說著。

服部看都不看達也一眼，刻意無視於他。

對於這樣的兩人，鈴音以冷靜的表情，梓以忐忑不安的表情，真由美以看不出想法的古典微笑注視著。

深雪則是神色凝重地站在牆邊觀望，然而達也基於和梓不同的意義忐忑不安，擔心妹妹幾時會情緒爆發。

「至今沒有指派雜草二科生擔任風紀委員的前例。」

服部這句反駁裡的蔑稱，使得摩利的柳眉微微上揚。

「服部副會長，這是禁句，會成為風紀委員的檢舉對象。居然光明正大在我這個委員長面前講出來，你的膽量真大。」

摩利這番話可說是斥責亦是警告，但服部沒有展露畏懼的神情。

「就算想隱瞞也無濟於事吧？還是說，妳要檢舉全校三分之一以上的學生？花冠一科生與雜草二科生的區別，包含在學校制度之內，是校方公認的事實。而且花冠一科生與雜草二科生之間，有著足以證明區別的實力差距。

風紀委員的職務必須以實力取締違反校規的學生，實力差的雜草二科生無法勝任。」

對於服部可說是傲慢的斷言語氣，摩利以冷笑回應。

「風紀委員會確實是實力至上主義，但實力也有很多種。

如果只是要以實力壓制對方，有我在。

無論對方是十人還是二十人，我一個人就足以應付。

畢竟這所學校裡，足以和我一較高下的學生，只有七草會長和十文字總長。

按照你的理論，我就沒必要採用實戰能力不足的高材生了。還是說，服部副會長，你要和我較量一下？」

摩利的這番話是以自信和實績為後盾。然而即使氣勢輸人而有些退縮，服部似乎也不打算舉白旗投降。

「問題不在於我，在於他的適任程度。」

最重要的是，服部確信自己的主張是正確的。實力差的二科生，無法擔任必須動用武力的風紀委員。至今沒有二科生獲選擔任風紀委員的事實，就是最好的證明。

然而摩利的自信更勝於服部。

「我說過吧？實力也有很多種。達也學弟的雙眼和智慧，足以讀取正在展開的啟動式，預測可能會使用的魔法。」

「……妳說什麼？」

聽到出乎預料的這番話，服部反射性地如此詢問。與其說「出乎預料」，或許形容成「無法置信」比較妥當。

讀取啟動式。不可能有人做得到這種事。

對於他來說，這是「常識」。

「換句話說，即使魔法沒有實際發動，他也知道對方會使用什麼魔法。」

然而摩利沒有修改答案。她毫不懷疑表示這是事實，也是做得到的事情。

「依照本校規定，罰則會依照對方意圖使用的魔法種類與規模而不同。但若像真由美那樣，在對方發動魔法式前破壞啟動式，就無法得知對方想用的魔法。就算這麼說，要是等待對方發動魔法完成，那就是本末倒置了。因為在啟動式展開的階段阻止，是比較安全的做法。對於至今為止無法確認罪狀，結果只受到輕微懲罰的未遂犯，達也學弟將會成為一股強大的遏制力。」

「……不過，他沒有能力在違規現場實際阻止魔法發動吧……」

服部以無法掩飾打擊的語氣，努力試著反駁。

「這種事情，第一科的一年級學生也一樣，甚至二年級也一樣。有多少人能在使用魔法時後發先至，阻止對方使用魔法？

而且，我希望他加入委員會的理由還有一個。」

摩利不只是迅速結束這個話題，還表示有另一個理由。

即使是服部，也終究沒能立刻想到如何回嘴。

「至今我們不曾任命二科生成為風紀委員。換句話說，二科生違反魔法使用規定時，都是由一科生取締。

如你所說，本校的一科生和二科生之間，有一道情緒上的鴻溝。

一科生取締二科生，卻沒有反過來的狀況，這種形態會加深這條鴻溝。

我不喜歡我所執掌的委員會，會助長這樣的歧視意識。」

「哇……摩利好厲害喔，原來妳還考量到這種事情嗎？

我一直以為，只是因為妳欣賞達也學弟……」

「會長，請別說話。」

真由美差點破壞氣氛，幸好由鈴音阻止了。

宛如責備的眼神。

搖頭否定的動作。

前者來自真由美，後者來自鈴音。

毒辣的言論再度宣洩而出，不允許這份對立的情緒不了了之。

「會長……我以副會長的身分，反對司波達也擔任風紀委員。

我承認渡邊委員長的主張有其道理存在，不過風紀委員原本的任務，當然是鎮壓暨檢舉違反校規的學生。

欠缺魔法力的二科生無法勝任風紀委員。這種錯誤指派，肯定會損及會長的形象。

請會長三思。」

「請等一下！」

達也慌張轉過身去。

正如他所擔心的，深雪終於按捺不住了。

剛才受到摩利的辯才吸引，所以沒能拿捏牽制的時機。

雖然達也連忙想要阻止，但深雪已經早一步開口了。

「恕我冒昧，不過副會長，雖然哥哥的魔法實技成績確實不怎麼優秀，不過只是因為哥哥的實力，不適合使用實技測驗的評分方式。

如果是實戰，哥哥不會輸給任何人。」

充滿確信的這番話，使得摩利微微睜大眼睛。真由美也收起含糊的笑容，向深雪和達也投以認真的眼神。

然而，服部看向深雪的雙眼，並沒有特別當真。

「司波同學。」

服部此時稱呼的對象，不用說當然是深雪。

「魔法師必須以冷靜、理性的角度，認知事象原本的形態。

如果是普通人，難免會偏袒自己的親人，不過想成為魔法師的人，不能因為偏袒親人使得雙眼被蒙蔽。要隨時注意這一點。」

這種親身教誨的語氣，不會令人感覺別有用心。在同為一科生的新生面前，他即使有著獨善其身的一面，依然是一位很照顧學弟妹的「學長」吧——不過以這種狀況，在深雪提出反駁的這一刻起，這種說法明顯只會造成反效果。

正如預料，深雪越來越激動了。

「恕我直言，我的眼睛並沒有被蒙蔽！只要哥哥使出真正的實力——」

「深雪。」

在深雪即將完全失去冷靜之前，一隻手舉到她的面前。

深雪露出驚覺不妙的表情，抱持羞恥與後悔的情緒閉嘴低頭。

達也以言語和動作阻止妹妹之後，移動到服部的正前方。

深雪確實說太多了，甚至想說出不能說的事情。然而令深雪想這麼說的人是服部，達也不會只怪深雪一個人。

「服部副會長，願意和我進行模擬戰嗎？」

「什麼……？」

聽到這個意外請求而啞口無言的，不只是受到挑戰的服部。

真由美和摩利也因為這個超乎預料的大膽反擊，露出驚愕的表情凝視著兩人。

在所有人視線集中過來的狀況之中，服部的身體開始微微顫抖。

「就憑你這種遞補，竟敢自命不凡！」

響起一個小小的尖叫聲，大概是梓。

其他三人不愧是上級生，依然保持著平靜。

至於受到臭罵的當事人，則是以困惑的表情隱約露出苦笑。

「有什麼好笑的！」

「魔法師要隨時注意保持冷靜，對吧？」

「唔！」

被自己剛才說的話反諷，使得服部不甘心地屏住呼吸。

達也繼續說下去。他沒有停下來的意思。

「究竟擁有什麼樣的對人戰鬥技能，我認為必須經過比試才會明白。我並不想成為風紀委員……但若是為了證明妹妹的眼睛沒被蒙蔽，那也不得已。」

宛如自言自語的細語。

這種語氣聽在服部耳裡，挑釁的意味更加強烈。

「……就這麼做吧。人生在世必須擁有自知之明，我會好好傳授你這個道理。」

內心只受到短暫的打擊，證明他並不是只有一張嘴說得好聽。壓抑情緒的語氣，反而意味著他憤怒的程度。

真由美立刻插嘴說道：

「我以學生會長的權限，承認二年B班服部刑部與一年E班司波達也的模擬戰，是一場正式的比試。」

「依照學生會長的宣言，我以風紀委員長的身分，在此承認兩人的這場比試是校規所認可的課外活動。」

「開始時間是現在算起的三十分鐘之後，地點是第三演習室。這場比試不對外公開，並且允許雙方使用CAD。」

模擬戰是用來避免發生校規禁止的暴力行為——也就是鬥毆事件的處置。

真由美與摩利以堪稱嚴肅的聲音如此宣布後，梓連忙開始敲打終端裝置的鍵盤。

◇◇◇

「入學才第三天，我安分學生的形象這麼快就毀了……」

以學生會長蓋章的許可證（這種文件依然是使用紙張）換來CAD收納箱的達也，站在第三演習室的門前如此低喃，隨即後方傳來一個語帶哽咽的聲音。

「非常抱歉……」

「妳用不著道歉。」

「可是，我又為哥哥添麻煩了……」

達也轉身前進半步，把手舉在妹妹的眼前。

深雪身體顫抖了一下，並且閉上眼睛。然而傳來的卻是溫柔摸頭的觸感，使得她戰戰兢兢抬起頭來。

她的雙眼宛如隨時會泛出淚珠。

「我在入學典禮那天也有說過吧？我沒有辦法生氣，但因為妳會代替我生氣，所以我總是能得到救贖……這時不要講對不起，妳應該對我說另外一句更適合的話。」

「好的……請哥哥加油。」

深雪以手指拭淚，露出笑容回應。達也同樣以笑容點頭示意，然後打開演習室的門。

「真意外。」

打開門劈頭就是這句話。

「意外什麼？」

在演習室迎接達也的，是被指名擔任裁判的摩利。

「你的個性原來頗為好戰。我原本以為你不太會在意他人的評價。」

雖然嘴裡表示意外，但她的眼神因為期待而閃耀。一股長長的嘆息湧到喉頭，達也以鋼鐵般的自制心——這種說法或許過於誇張——把這聲嘆息吞了回去。

「我原本以為，阻止這樣的私鬥應該是風紀委員的工作。」

取代嘆息說出來的話語，多少帶著一些挖苦的意思，這也是在所難免的。

不過看起來對摩利完全無效。

「這不是私鬥，是正式的比試。」

真由美不就這麼說了嗎？

所謂的實力主義，並不是只適用於一科與二科之間，反倒是最適用於一科生之間。

不過，一科生與二科生使用這種方式一分高下，應該是前所未有吧。」

原來如此，無法只以爭辯解決就以實力解決，反倒是她所讚許的做法。

「學姊成為風紀委員長之後，『正式的比試』是不是就變多了？」

「確實變多了。」

摩利這種毫不自省的態度，不只是達也，在達也身後待命的深雪也露出苦笑。

接著，摩利忽然改為正經的表情探頭過來。

「所以，你有自信嗎？」

在感受得到彼此呼吸的距離輕聲詢問。

過於接近的距離，使得深雪柳眉倒豎，不過幸好（？）達也的視界被摩利若有含意的笑容占據，所以沒有看到妹妹這種過度反應。

在比自己低半個頭的高度，一對細長的雙眸以上揚的視線凝視，加上隱約傳來的芳香，使得達也自覺內心情緒在性方面開始興奮。

自覺到這一點的瞬間，這種感覺從達也身上切離出來，成為「自己」這個客觀物體內部產生的現象。這股情緒上的興奮，在他腦中轉換為單純的情報資料。

「服部的實力在本校可以排進前五名。真要說的話，他比較適合團體戰，個人戰不算是他擅長的領域。不過即使如此，也幾乎沒有人能夠一對一打贏他。」

摩利以嬌媚的語氣，說出這番毫無魅力的話語。

「我沒想過正面交鋒。」

然而達也毫不動搖，以冷淡，或該說是宛如機械的聲音回應。

「你真冷靜……害我稍微對自己的女人味沒有自信了。」

雖然嘴裡這麼說，但摩利很明顯是在消遣他。

「噢……」

達也不知道還能如何回應，只能點頭含糊帶過。

「如果這時候臉紅一下，稍微展現可愛的一面，我覺得會有更多人願意協助你。」

摩利咧嘴露出笑容後退，就這麼走向中央的起始線。

「真是令人傷腦筋的學姊……」

達也認為，她應該就是會在治世求亂，為亂世帶來太平的人種。

對於想要和平度日的人們來說，就只是會闖禍的麻煩人物。

入學至今變得風波不斷的人際關係，使得達也真的嘆了口氣，並打開ＣＡＤ收納箱。

黑色手提箱裡收藏著兩把手槍造型的ＣＡＤ。

達也取出其中一把，從實際手槍安裝彈匣的部位，抽出形狀類似的裝置換成另一個。

除了深雪，所有人都深感興趣觀察著這段過程。

「讓各位久等了。」

「你總是隨身攜帶複數的儲存裝置？」

特化型的ＣＡＤ能夠使用的啟動式數量有限。泛用型ＣＡＤ可以儲存各種魔法系統合計九十九種啟動式，相較之下，特化型ＣＡＤ只能儲存相同系統的九種啟動式。為了彌補這樣的缺點，研發了一種可以交換啟動式儲存裝置的ＣＡＤ，不過特化型原本就是擅長特定魔法式的魔法師愛用的演算裝置，所以提高魔法多變性的需求並不高。即使攜帶複數的儲存裝置，到最後也幾乎只會固定使用一種。

不過，對於摩利充滿好奇心的這個問題，達也說出的答案，顯示出他屬於少數派。

「是的，因為我的處理能力不足以熟練使用泛用型。」

站在正前方的服部，聽到這番話就浮現冷笑，但沒有對達也的意識造成任何波瀾。

「好，那我來說明規則。

無論是直接或間接攻擊，禁止使用致對方於死地的術式。也禁止會造成對方身心障礙並無法恢復的術式。

會直接破壞對方身體的術式同樣禁止。但可用頂多只會造成扭傷程度的直接攻擊。

禁止使用武器，可以赤手空拳進行攻擊。如果想使用踢腿招式，必須現在脫鞋換上學校指定的軟墊鞋。

如果其中一方認輸，或是裁判認定無法繼續比試，就算是分出勝負。

雙方必須退到起始線後面，在下達命令之前不准啟動ＣＡＤ。

若是其中一方不遵守上述規定，將直接判定敗北。到時候我會強行制止，所以給我做好覺悟了。以上。」

達也與服部點頭回應，在相距五公尺的起始線對峙。

雙方都是毫無嘲笑和挑釁的緊繃表情，不過服部臉上隱約透露出從容的氣息。

伸手搆不到彼此的間距。若是這種距離，即使對方擁有職業橄欖球員的衝刺力，使用魔法還是比較快。因為是進行魔法比試，所以理所當然會將環境設定為對魔法有利。

這樣的比賽，通常都是先以魔法命中的一方獲勝。即使無法一招擊倒，對方也無法免於受到損傷。受到魔法打擊之後，依然能冷靜構築魔法的，擁有強韌精神的魔法師並不多見。在遭受魔法攻擊時，構築中的魔法就會消散，並且受到對方的追擊而落敗收場。

而且，依照必須同時啟動ＣＡＤ的規則，服部確定身為一科生的自己，不可能會輸給二科生這個囂張的新生。ＣＡＤ是能夠最快發動魔法的工具，即使在比賽開始之前暗自使用ＣＡＤ以外的手段，也比不過ＣＡＤ的速度。而且使用ＣＡＤ發動魔法的速度，在魔法實技成績占了最大的比重，也可以說是區分花冠一科生與雜草二科生的最大關鍵。

達也是手槍造型的特化型ＣＡＤ。

服部是最為普及的手鐲造型泛用型ＣＡＤ。

特化型ＣＡＤ有速度優勢，泛用型ＣＡＤ有多樣化的優勢。

不過，就算是使用速度勝於泛用型的特化型，也無法彌補一科生與二科生的差距，何況對方是新生。所以服部即使認為自己沒有敗北要素，也不能說他驕傲自滿或粗心大意。

達也握著ＣＡＤ的右手指向地面。

服部將右手放在左腕的ＣＡＤ。

兩人等待著摩利的命令。

場中鴉雀無聲。

在寂靜確定統治全場的這一瞬間……

「開始！」

達也與服部的「正式比試」揭開了序幕。

服部的右手在CAD上遊走。

雖然只是單純輸入三個訊號，動作卻宛如行雲流水。

他原本擅長的術式，是中距離以上的廣範圍攻擊魔法。

真要比較的話，不擅長近距離一對一的比試。

不過這也是「真要比較」的狀況，就讀第一高中至今整整一年，服部未嘗敗績。

不分個人戰或團體戰，可說是對人戰鬥專家的摩利；射擊魔法的速度與準度超乎常理的真由美；享有「鐵壁」別名的社團聯合總長十文字。雖然服部在三巨頭面前可能自嘆不如，不過除此之外，別說學生，他甚至自負不會比老師們遜色。

這不見得是他自以為是。

重視速度的單純啟動式立刻展開完成，服部以近乎一瞬間的速度準備使用魔法。

下一剎那，他差點放聲尖叫。

他的比試對手，那名沒有自知之明的一年級學生，進逼到足以遮蔽視線的超近距離。

服部連忙修正座標，想要使用魔法。

基礎單一系統的移動魔法。

被魔法式捕捉的對象肯定會被震飛十公尺以上，並因為這股衝擊而無法繼續戰鬥。

然而，魔法沒有發動就告終。

不是因為啟動式處理失敗。

是敵人的身影消失了。

雖然魔法式的發動座標不需要定義得過於嚴謹，但如果視線內的目標物消失在視線之外，也就是從認知範圍消失的話，就無法避免錯誤發生。

原本用於改變目標物運動狀態的想子情報體，沒能產生效果就消散。連忙環視兩側的服部，受到來自側面的強烈「波動」搖晃。

連續三股波動。

不同的波動在服部體內重合，化為大浪捲走他的意識。

勝負在瞬間底定。

有一種形容詞叫做「秒殺」，而剛才的比試不到五秒。

達也舉起的ＣＡＤ槍口前方，服部的身體無力倒地。

「……勝利者，司波達也。」

摩利宣布勝利者的語氣反而低調。

勝利者的臉上沒有喜悅。

表情平淡，看起來只像是完成了該完成的事情。

達也簡單行禮致意之後，走向放著ＣＡＤ收納箱的桌子。

不只是表面上的動作，他很明顯對於自己的勝利毫無興趣。

「慢著。」

摩利從後方叫住他。

「剛才的動作……你預先發動了自我加速術式？」

聽到她的詢問，真由美、鈴音與梓三人，也試著回憶剛才的對決。

下達比試開始口令的同時，達也就移動到服部的面前了。

而且在下一瞬間，他的身體位於服部右邊數公尺遠的位置。

足以令人誤以為是瞬間移動的速度。

看起來，這不像是凡人肉身做得到的動作。

「這是不可能的。我想學姊應該最清楚才對。」

不過，這方面正如達也所說，摩利以裁判身分，謹慎觀察雙方是否有偷偷預先啟動ＣＡＤ。不只是看得到的ＣＡＤ，還考量到可能會暗藏ＣＡＤ，一直觀察著想子的流動。

「可是，剛才那個……」

「那不是魔法。貨真價實是身體的技術。」

「我也作證，那是哥哥的體術。哥哥有在忍術師九重八雲老師的門下接受指導。」

摩利嘆了口氣。擅長對人戰鬥的她，非常熟悉九重八雲的大名。不像摩利認識八雲的真由美與鈴音，對於只以身體本領就能達到魔法輔助效果的博大精深古流派，無法掩飾驚訝。

但是眾人並沒有只是感到驚訝。真由美以魔法研究者的立場再度提出詢問。

「那麼，那種用來攻擊的魔法也是忍術嗎？

可是就我看來，那一招就只是純粹將想子波動釋放出來而已……」

雖然如此詢問，但她的聲音和用詞都很僵硬，果然是因為無法藏起驚愕的情緒吧。

對魔法師來說，詢問其他魔法師使用的非公開術式的構造，是違反禮節的行為。不過想子彈的操控正是真由美擅長的魔法，達也剛才展現的攻擊，就像是把不會產生物理作用的想子本身當成武器。對於這種攻擊能夠重創服部的箇中機制，真由美似乎無法壓抑自己的好奇心。

「雖然不是忍術，但『利用想子波動』這部分是正確答案。那是振動的基礎單一系統魔法，我只是創造出想子波而已。」

「可是這樣的話，我無法理解範藏學弟為什麼會昏倒……」

「因為暈了。」

「暈了？到底是怎麼暈的？」

對於歪過腦袋的真由美，達也沒有露出嫌麻煩的態度，繼續平淡進行說明。

「對於魔法師來說，想子就像是可以辨識的光線或音波一樣感覺得到，這是使用魔法的必要技術。不過會產生一種副作用，就是魔法師置身於預料之外的想子波動時，會有種自己身體真的在搖晃的錯覺，這種錯覺甚至會影響到身體。在催眠術裡，只要給予『燒燙傷』的暗示，就真的會出現燒燙傷的痕跡，兩者的機制相同。套用在剛才的狀況，就是對方產生了『正在搖晃』的錯覺，產生強烈的暈船症狀。」

「怎麼會這樣，難以置信……魔法師平常就處於想子波動之中，應該已經適應想子波了。因為不只是無系統魔法，啟動式與魔法式也是一種想子波動。即使如此，居然會有想子波能讓魔法師站不穩，這種強烈的波動，到底是怎麼產生的……？」

回答真由美這個疑問的人是鈴音。

「是波動的合成吧。」

「鈴妹？」

即使是聰明的真由美，似乎也無法只以這句話就理解。鈴音的說明當然也不僅如此。

「連續製造三道振動頻率不同的想子波，將三種波動的重合位置調整在服部身上，藉此創造出類似三角波的強烈波動。

你居然能夠進行如此精密的演算。」

「分析得太漂亮了，市原學姊。」

雖然鈴音對於達也的演算能力倍感驚訝，不過達也認為，第一次看到就能分析成功的鈴音或許比較高明。

不過，鈴音真正的問題在於其他地方。

「不過話說回來，在那麼短的時間內，要怎麼使用三次振動魔法？如果有這樣的處理速度，你的實技成績肯定不會差吧？」

當面聽到她說成績差，達也只能苦笑。

從剛才就靜不下來，反覆偷看達也手邊的梓，代替達也戰戰兢兢以推測語氣回答。

「請問，司波學弟的ＣＡＤ難道是『銀鏃』嗎？」

「銀鏃？妳是說那位神祕天才魔工師托拉斯．西爾弗開發的『銀式』？」

聽到真由美如此詢問，梓的表情忽然變得開朗。

有時候被戲稱是「演算裝置迷」的梓，以開心的語氣進行說明。

「是的！Four Leaves Technology專聘，其本名、長相與個人資料皆無人知曉，奇蹟的ＣＡＤ研發師！

全世界首度實現循環演算系統的天才工程師！

啊，所謂的『循環演算系統』是指，一般啟動式在魔法發動之後就會消失，即使要使用相同術式，每次都必須重新從ＣＡＤ展開啟動式，不過這種系統可以在啟動式的最終階段進行處理，將相同的啟動式複製到魔法演算領域。只要魔法師的演算空間許可，就能令啟動式連續發動相同的魔法。雖然這個理論從以前就認定可以實現，但如果要同時發動魔法並且複製啟動式，演算能力的分配是一大難題……」

「停！我早就知道『循環演算系統』是什麼了。」

「這樣啊……？

然後所謂『銀鏃』，就是這位托拉斯．西爾弗全程客製化而成的特化型ＣＡＤ型號！不只是針對循環演算系統進行最佳化，能以最少魔法力順暢發動魔法的性能，也受到很好的評價，尤其在警界非常受到歡迎！

即使也有市面一般販售的款式，這個型號還是有人願意高價收購！而且這把是槍身比普通銀鏃來得長的限定款吧？你是在哪裡弄到手的？」

「小梓，妳稍微冷靜一點。」

大概是講得喘不過氣吧，梓胸口大幅起伏，眼睛變成心型凝視著達也的手。要是真由美沒有勸阻，她或許會把臉湊到貼上去了。

另一方面，真由美再度基於另一個新疑問而歪過腦袋。

「不過鈴妹，這樣不是很奇怪嗎？就算使用的是針對循環演算系統進行最佳化的高性能CAD，不過到頭來，所謂的循環演算……」

聽到這樣的詢問，鈴音也和真由美一樣歪過腦袋代替回應。

「是的，確實不對勁。」

所謂的循環演算，終究只是用來連續使用完全相同的魔法。

即使同樣是振動魔法，只要魔法師設定的波長或頻率不同，相應的啟動式也有些微的差異。自動複製並使用相同啟動式的循環演算，應該無法製造出『波動合成』所需的不同波動。

雖然只要將定義頻率的部分設為變數，就能連續產生『波動合成』所需的不同頻率的波動，但除了座標、強度與持續時間，居然將頻率也設為變數……難道你做到了這種事？」

鈴音這次真的是驚愕得啞口無言。面對她的視線，達也微微聳了聳肩。

「無論是處理速度、演算規模及干涉強度，都沒有把『多變數處理』列入評分。」

在真由美與摩利頻頻打量之下，達也以明晰如昔的語氣如此宣稱。

「……實技測驗的魔法力評價，取決於發動魔法的速度、魔法式的規模，以及改寫目標物情報的強度。

原來如此，測驗無法反應真正的實力，就是這個意思嗎……」

發出呻吟回應達也這番嘲諷結論的人，是坐起上半身的服部。

「範藏學弟，你還好嗎？」

「我沒事！」

真由美微微彎腰，像是觀察狀況般探出身，服部有如逃離她湊過來的臉連忙起身。

「說得也是，看來你一直醒著。」

服部會說出這番話，肯定是因為有聽到眾人剛才的交談。

真由美挺直身體，露出能夠理解的表情點了點頭。

「不，我剛開始真的昏過去了！」

服部就這麼紅著臉繼續慌張辯解。

「清醒之後，意識還是有點恍惚……身體直到剛剛才能動！」

該怎麼說呢……看到他這個樣子，可以輕易推測到某種情感。

「是嗎……？不過雖說如此，但你似乎有完全聽懂我們討論的內容耶。」

「……呃，這是因為！就算意識處於恍惚狀態，耳朵還是會把內容聽進去……」

而且，看來真由美似乎確實理解到服部對她抱持的情感。

難道是壞女人？雖然達也如此心想，不過這番話給人的感覺，與她散發的氣氛不太吻合，因此達也至此不再深入思考。

也是因為達也察覺到這種事一點都不重要。

達也繼續進行剛才被摩利叫住而中斷的行為。

……其實也沒有字面上這麼誇張，只是把ＣＡＤ放回收納箱。

梓以羨慕的視線凝視著他的手，達也當作沒看到。

妹妹投以想要幫忙的視線，但達也這次也當作沒看到，因為深雪並不擅長使用機器。雖然不到機器白癡或是對科技過敏的程度，不過達也的ＣＡＤ在各方面進行過特殊調整，結果變成了普通高中生難以操控的產物（像是學校用來進行實作，只有進行最底限調整的ＣＡＤ，反而無法讓達也發揮實力）。即使讓深雪幫忙，肯定反而會花費更多時間。

換裝儲存裝置、重新設定保全機制。在達也進行動作時，身後有腳步聲與氣息接近。

似乎終於解釋完畢了。

雖然手邊的工作可以晚點再進行，不過達也刻意沒有回頭。

「司波學妹。」

「是。」

深雪回應著這個有些支吾的偏高聲音。

這個房間包含達也在內只有兩名男性，所以即使語氣與至今判若兩人，依然不會把說話的人誤認是別人。

「剛才，那個，我剛才冒昧說妳偏袒親人，非常抱歉。」

而且，也不會誤認這個聲音交談的對象是誰。

「有眼不識泰山的應該是我。希望妳可以原諒我。」

「我才要道歉，剛才我太沒有分寸了，請原諒我。」

即使背對著他們，也明顯感受得到兩人正深深行禮致意。

深雪的應對成熟得令人搞不懂她究竟是妹妹還是姊姊。達也對此偷偷地微揚起嘴角，然後鎖上收納箱。

接著緩緩轉過身去。

服部在瞬間露出怯懦的表情，但立刻恢復為倔強的模樣。

這段空檔是和解的準備？還是續戰的前兆？

兩種可能性都沒有化為現實就消失了。

結果，服部只有和達也以眼神相對，然後就轉過身去。

旁邊傳來一股不悅的氣息，因此達也輕拍深雪的肩膀。

從今天起就要在學生會共事了，要是留下情緒上的芥蒂，對於深雪絕對不是好事。

或許是察覺到哥哥的意圖吧，深雪很快就恢復冷靜了。

「大家回到學生會室吧。」

真由美這句話使得所有人開始移動。

帶領鈴音、梓與服部前進的真由美，臉上浮現的表情就像是說「真拿他沒辦法」。殿後的摩利察覺到達也的視線，以不會被另外四人看見的動作聳了聳肩。

◇◇◇

達也將CAD重新交還事務室，並再度造訪學生會室，一進門就被摩利抓住手臂。

在牆邊向梓學習工作站操作方式的深雪，轉頭看過來並且揚起柳眉，達也則是以眼神示意這是不可抗力……不過很難以確定她是否能夠理解。

達也強行制止了基於反射動作想將對方摔出去的身體，因而產生可乘之機。雖說如此，摩利在體術方面似乎也有相當的水準。

「好啦，雖然發生各種預料外的事件，依照當初的預定，我們到委員會總部吧。」

無視於達也內心的情緒（主要是困惑），摩利拉著達也的手。

確認達也露出頗困擾的表情後，深雪終於將視線移回終端裝置，但依然心有不甘。

至於服部，從達也進來之後就沒有抬過頭。

看來他已與自己的情緒妥協，採取無視於達也的方針。這也是令達也感謝的做法。

真由美悠閒搖手示意。她到底想做什麼，或者是想說什麼……或許在達也至今認識的人物之中，她是最難以捉摸的人。

不過，這種事之後再說。

好不容易（主要是費盡口舌）讓手臂重獲自由之後，達也乖乖跟在摩利的身後。

房間深處，一般會設置逃生階梯的位置，是通往風紀委員會總部的階梯。

居然無視於消防法規？

雖然達也如此心想，不過即使是學生＝見習生，或者說是尚未出師，不過這裡是優秀魔法師使用的硬體設施，所以遵守消防法規確實沒什麼意義。畢竟使用振動減速的魔法就能滅火，使用聚合加移動的複合魔法就能排煙。實際上，超高大樓的大規模火災，就是魔法師最能華麗活躍的舞台之一。

既然校舍沒有電梯，就當作是可容許的範圍吧。達也如此改變想法。

達利跟著摩利穿過後門，進入總部房間之後，摩利指向長桌前面的椅子。

「雖然有點亂，總之隨便找地方坐吧。」

確實只是「有點亂」。室內並沒有散亂到沒有踏腳處，或是椅子堆滿雜物的程度。

不過，要是從整理得乾乾淨淨的學生會室直接來到這裡，就會對「有點亂」這種形容方式有所抗拒，這應該是在所難免的事情。

文件、書籍、行動終端裝置以及ＣＡＤ等，總之長桌擺滿各式各樣的東西。桌邊有一張稍微拉出來的椅子，所以達也簡單調整位置之後就坐下了。

「風紀委員會幾乎都是男生，我總是耳提面命要他們整理乾淨，不過……」

「既然都沒人，沒有整理也是沒辦法的事情。」

達也這番話可以當成挖苦，也可以當成是安慰，使得摩利的眉頭微微一顫。

「……我們主要的工作是巡邏校園，所以房間沒人也是沒辦法的事情。」

現在房間裡只有兩人。雖然委員會的人員編制是九人，不過能夠容納兩倍人數的寬敞空間，加上這股閒散的氣息，反而增加了雜亂造成的混沌感。

然而引起達也注意的，並不是室內整體的整潔狀況，而是放在眼前桌上的各種雜物。

「不提這個，委員長，我可以整理一下這裡嗎？」

「什麼……？」

達也唐突的要求，使得摩利揚起單邊眉毛表達意外——這位學姊的舉止挺做作的。

「我的志願是成為魔工技師，看到ＣＡＤ像這樣被粗魯扔著不管，我會於心不忍。而且好像也有終端裝置就這麼開著休眠狀態閒置。」

不過即使如此，達也的反應也不會改變。

「有那種程度的對人戰鬥技能，卻想當魔工技師？」

達也這番話，使得摩利打從心底感到納悶。剛才的比試乍看之下轉眼結束，實際上使用了足以冠上「超級」兩個字的高等對人戰鬥技術。

「因為以我的天分，再怎麼努力也只拿得到C級證照。」

對於達也宛如不關己事平淡說出的自虐答案，摩利想反駁卻找不到合適話語而愕然。

在大多數的國家，魔法師是以證照制度進行管理。發行證照的標準大多沿襲國際標準，這個國家也是其中之一。無論是在企業任職、在公家機關服務，或是以個人身分營業，都會依照工作難度，規定必須具備何種證照，擁有高級證照的魔法師，可以獲得較高的報酬。

國際證照從A到E分為五個等級。

審核標準是魔法式的構築暨執行速度、規模、干涉力，換句話說和學校的實技測驗相同。應該說學校的實技測驗設定，就是沿用國際證照的評分基準。

雖然軍警單位會使用特別的基準，不過以這種狀況，終究只是身為「警官」或「軍人」的評價，而不是身為魔法師的評價。

「……所以我可以整理一下這裡嗎？」

「啊？嗯，我也來幫忙吧。你一邊動手一邊聽我說明。」

連忙起身的她，或許是個比外表還要貼心的人。

也或許是坐著整理眼前文件的達也比較厚臉皮。

不過心意並不一定代表著成果，世間就是這麼回事。

雖然兩人動手的速度相同，相較於達也手邊的空間越來越大，摩利不知為何總是沒辦法清理到露出桌面。

她悄悄看向達也。

然後輕輕嘆了口氣。

摩利停手放棄了。

「抱歉，我實在不擅長這種事。」

達也認為，這個房間之所以處於這種狀況，她或許得負最大的責任。

不過他個性成熟，只會心想而不會說出口。

「不過你掌握得真清楚。」

「掌握什麼？」

「文件的分類方式。原本以為你只是隨意堆疊整齊，沒想到還確實分類了。」

「……不好意思，像這樣坐在桌上有點……」

大概是看開了，摩利靠坐在達也清出來的桌面空間，隨手翻閱著文件，而且距離近到裙擺會碰到達也的手臂。裙子底下的大腿若隱若現，延伸出修長美麗的小腿曲線。即使因為穿著內搭褲而沒有直接裸露，不過還是曲線畢露，以心理衛生來說，這樣的相對位置不太好。

「噢，抱歉。」

她的語氣毫無悔意，不過沒必要刻意指摘這點——如果她是刻意這麼做，指摘的話肯定會造成反效果。而且俗話說得好：「沉默是金」。達也默默移動椅子，著手整理下一個區域。

從紙張堆裡找出書擋，把書本直立排列。現在這個時代，紙本書和書擋都很罕見了。若是魔法書就更稀奇了。

「想延攬你加入的原因——這麼說來，剛才幾乎都說明過了。就是讓未遂犯的罰則更加公正，以及改善風紀委員會對二科生的形象。」

「這我記得。不過關於改善形象，我覺得應該是反效果……方便我看一下內容嗎？」

排好書籍，接著著手整理終端裝置。達也請示摩利是否方便看到正在處理的資料，得到她點頭同意之後，就讓休眠中的終端裝置恢復成啟動狀態然後關機，沒有通電的終端裝置則是直接恢復為收納狀態，集中擺放在一起。

「為什麼會這麼想？」

「明明至今都沒有出面干涉，卻忽然遭受到處於相同立場的學弟取締，一般都會覺得很不是滋味吧？」

達也離席尋找牆邊收納櫃的空間。

把終端裝置堆進空櫃子時，身後傳來「說得也是」這種不負責任的回應。

「但我覺得同樣是一年級的學生會很歡迎。你應該有對班上同學提過了吧？」

「這方面確實如此……」

擺好終端裝置之後，達也在其他收納櫃尋找物品。

「但我覺得一科生的反感，大概會比這樣的歡迎加倍。」

找到目標物後，達也挺直腰桿，將肩膀轉了一圈，脫下外套捲起上衣袖子。

「應該會招致反感。不過若是剛入學的現在，這種階級觀念還沒有根深柢固吧？」

「這就難說了。」

達也將櫃子裡的物品重新排列之後，取出一個ＣＡＤ收納箱。

「像是昨天，就有人劈頭對我說出『我不會承認你』這種話。」

在捲起袖子的手腕，戴上防止觸電的接地護腕，然後伸向ＣＡＤ堆積而成的山。

「你居然帶著這種東西……是指森崎嗎？」

「這個挺方便的……學姊認識他？」

「他會以教職員推薦資格加入這裡。」

「啊？」

正在檢查ＣＡＤ狀態的手失去力氣。

ＣＡＤ差點掉到桌上，達也連忙重新拿穩。

「原來你也會慌張啊。」

「這是當然。」

摩利露出笑咪咪的表情，達也則是帶著嘆息如此回應。

真希望她停止這種莫名的對抗意識。

「昨天發生過那場騷動，所以也可以退回推薦，實際上我也想要退回推薦，不過昨天那件事也並非和你無關。」

「我是當事人。」

「對，既然要延攬自稱當事人的你，應該很難拒絕讓他加入了。」

「乾脆兩人都不收，這樣如何？」

「你不願意嗎？」

忽然聽到如此直接的詢問，使得達也再度停下手邊的動作。

總之先把手上的CAD收進箱子，然後抬起頭。

摩利坐在桌面低頭看過來的臉上，沒有笑容。

細長的雙眼投以像是能射穿達也的視線。

「……老實說，我覺得很麻煩。」

「嗯……然後呢？」

「雖然麻煩，但我覺得如今騎虎難下了。」

摩利再度咧嘴露出壞心眼的笑容。

這種叛逆風格，使她英挺的美貌增加了兩成魅力。

「學姊真是一位難應付的人……」

「你的個性也挺彆扭的。」

很遺憾，這一次非得甘拜下風了。達也如此心想。

◇◇◇

「……這裡是風紀委員會總部吧？」

走下階梯的真由美，開口第一句話就是這樣的詢問。

「劈頭就是這種問候，真過分。」

「因為……摩利，妳怎麼了？

至今鈴妹再怎麼告誡，小梓再怎麼請求，妳都完全不想整理呀……」

「真由美，我要對這種與事實不符的中傷表達嚴正抗議！

我不是不想整理，是不會整理！」

「但我覺得以女生來說，後者更令我不以為然。」

真由美瞇細眼睛橫瞪，摩利連忙撇過頭去。

「其實也不重要就是了……噢，原來是這麼回事。」

達也正打開固定式終端裝置的維修蓋審視。看到他，真由美露出理解的表情點頭。

「立刻就派上用場了，是吧？」

「總之，就是這麼回事。」

達也背對著如此回答之後，蓋上維修蓋轉過身來。

「委員長，檢修完成了。似乎受損的零件已經換過，應該不會出問題了。」

「辛苦你了。」

摩利從容不迫點了點頭，不過總覺得她的太陽穴附近在冒汗。

而且是冷汗。

「哇～……既然稱呼摩利是委員長，就表示延攬成功了吧？」

「我覺得我從一開始就沒有拒絕的餘地……」

達也沒有看向露出壞心眼笑容的真由美，以隱含放棄念頭的不負責語氣如此回答。

真由美似乎不喜歡這樣的態度。她單手扠腰，豎起另一隻手的食指，鼓起臉頰以鬧彆扭的眼神瞪過來，並且以想像範圍之內做作到極限的態度向達也抗議。

「達也弟弟，你對姊姊的回應太草率了吧？」

……總之達也想對真由美說一句話，那就是自己沒有姊姊。但要是講出來似乎就會著了她的道，所以並沒有真的說出口。

由於從頭到尾都是典型的制式反應，反而無懈可擊。

達也打從心底認為，真正草率的應該是真由美對他的態度。

這種給人相同印象的場面，至今遇到的時候都是簡單帶過，但是不知為何，達也覺得這次不能這麼做。

「會長，或許該說是為求謹慎吧，我想要先確認一件事。」

「嗯，什麼事？」

「會長和我是在入學典禮當天首度見面吧？」

但妳的態度是不是太親暱了？對於達也隱含此意的詢問，真由美瞪大眼睛。然而逐漸就恢復為原本大小，並且繼續瞇細。接著她整張迷人的臉蛋，覆蓋著只能以邪惡來形容的笑容。

達也領悟到自己犯下了一個天大的敗筆。

回憶起剛才摩利也曾經浮現類似的笑容，就覺得果真是物以類聚。達也以逃避現實的心態如此心想著。

「這樣啊，原來是這樣啊……呵呵呵呵呵……」

這張笑容非常適合以「小惡魔」來形容。

「達也學弟覺得我們說不定更早之前就見過面吧？認為入學典禮當天的相遇，是命中註定的重逢！」

「慢著，那個……會長？」

為什麼會亢奮到這種程度？

「我們或許在遙遠的過去就曾邂逅，被命運撕裂的兩人，再度因為命運而相遇！」

如果她真的陶醉其中，就只是一個想法危險的傢伙，不過她的一舉一動都裝模作樣，而且讓人看得出來是在演戲，所以更加惡質。

「……不過很遺憾，我們那天肯定是初次見面。」

「……我就覺得是這麼回事。」

「怎麼樣？怎麼樣？難道覺得這是命中註定？」

真由美將雙手握拳放在胸前，抬頭看著達也進逼過來——她玩得很來勁，而且有夠做作。不過這樣的動作很適合她……真的很惡質。

「……不好意思，會長為什麼開心成這樣？」

即使以問題回覆問題，也沒有得到答案。

就只是被投以充滿期待的眼神。

她隱含施虐屬性。達也在心中的記事本加入這一條。

總之，非得要給她一個答案。

達也嘆了口氣，停頓片刻之後回答：

「……若這是命中註定，那肯定不是『Ｆａｔｅ』，而是『Ｄｏｏｍ（厄運）』。」

達也的答案使得真由美臉色一沉轉過身去。「這樣啊……」這聲落寞細語傳入耳中。

她的背影散發著一股哀愁感。

達也自覺到這句話說得很過分。雖然是判斷真由美完全在胡鬧才說出這種話，但如果其中隱藏著些許真心話，達也覺得就非得道歉才行。

然而——

不知道是幸還是不幸，令他感受到罪惡感的時間並不長。

以這種狀況來說，應該是這段迷惘奏效了。

「……嘖。」

垂頭喪氣的真由美口中，發出這種像是撐不下去的聲音。

這次輪到達也瞪大眼睛了。

雖然很細微，不過剛才那個不太高雅，講白一點就是低俗的聲音，難道是咂嘴？

「那個……會長？」

「是，有什麼事嗎？」

轉回正面的她，臉上是迷倒所有男性新生的高雅微笑。

「……我似乎理解會長的為人了。」

對於脫力的達也，真由美取下面具展露真正的自己。

也就是那張壞心眼的笑容。

「玩笑差不多到此為止吧。何況達也學弟不太肯配合。」

真由美毫無罪惡感，表示這一切都是玩笑。

「看來他不像服部那樣，真由美。妳的魅力也對這個傢伙不管用。」

摩利抓準這個機會插嘴消遣。

「請不要講得這麼難聽。這樣不就像是我看到學弟就會去戲弄一樣了？」

似乎是終究不能當成沒聽到，真由美板起臉如此回嘴。

「那個，我想問的是……」

達也後悔著自己貿然詢問，並且收拾現場的氣氛。要是繼續受到這兩人的影響，說不定自己會先露出馬腳。

「達也學弟，真由美的態度之所以不同，是因為她認同你。

大概是覺得你和她有某種共通之處吧。

總之這個女人總是在裝模作樣，只會對自己認同的對象展露真正的一面。」

摩利忽然化為正經的表情，使得達也感覺有些失調。

「達也學弟，不可以相信摩利說的話。

不過她說我認同你，這方面應該算對吧？

我不知為何覺得你不像外人。

感覺到命中註定的人，或許是我吧。」

真由美像要吐出舌頭，帶著惡作劇氣息卻不引人反感的笑容，使達也更加亂了步調。

看來即使從正面挑戰這兩人也很難有勝算。達也如此心想。

◇　◇　◇

真由美之所以會下樓前來，是為了通知學生會室今天即將收拾上鎖，同時順便來看看達也的狀況。雖然表面是如此，不過「順便」變成主要目的了，這肯定不是誤解。

入學典禮剛結束的這段期間，學生會在各方面都頗為忙碌，不過似乎是告一段落了。真由美說聲「那我先走囉」揮手致意，然後回到了學生會室。

從明天開始，各社團的聯合招生活動將會如火如荼展開，風紀委員會出面的機會也會增加，所以達也與摩利也決定今天到此為止。

現在的情報系統，不用像以前一樣花時間開機或關機。只要關閉電源就好，就算扔著好幾個月不管也不會出問題。即使忘記關電源，也會自動進入休眠狀態。

由於剛完成整理，接下來只要進行保全設定就好。不過好巧不巧，剛好有兩名男學生進入委員會總部。

「大家早～」

「各位早安！」

充滿氣勢的喊聲響遍室內。

「喔，大姊，原來妳在啊。」

把這裡當成哪裡了？現在又是什麼時代了？達也如此心想。

雖然個子沒有特別高，不過體格異常精壯，似乎很適合綁頭巾的這名短髮男學生，以非常順口的語氣稱呼「大姊」的對象是——

（應該是渡邊學姊吧……）

朝當事人看去，她似乎有些不好意思。

對於她（稍微）擁有這種正經的反應，令達也有種不符場合的安心感。

「委員長，今天的巡邏任務結束！沒有逮捕任何人！」

另一名男學生的外表比較平凡，用詞遣字也比較平凡，不過總之很有氣勢。立正不動進行報告的模樣，就像是軍人或警官，或是至今依然不變的運動社團作風。

「……難道說，這個房間是大姊整理的？」

精壯男學生疑惑地環視著室內改頭換面（？）的模樣，走向愣在原地的達也。

雖然他的體重應該沒有很重，卻莫名適合以「沉穩有力」來形容他的腳步。

摩利不經意擋住他的去路，下一瞬間——

「好痛！」

隨著「啪！」這聲清脆的聲響，這名男性抱頭蹲下了。

摩利手上不知何時握著捲成棍狀的筆記本。

到底是從哪裡拿出來的呢？

「不准叫我大姊！要我說幾次才聽得懂！鋼太郎，你的腦袋是裝飾品嗎！」

達也無從得知問題的答案，摩利則是向抱頭的男學生怒罵。

「請不要動不動就打我啦，大……更正，委員長。話說那個傢伙是誰？新人嗎？」

被叫做鋼太郎的這名男學生，以沒有很痛的樣子輕聲抱怨。不過圓形紙筒電光石火地指在他的面前，使得他連忙換了一個稱呼。

面對鋼太郎緊張到僵硬的表情，摩利放鬆肩膀嘆了口氣。

「……沒錯，這傢伙是新人，一年E班的司波達也，以學生會推薦名額加入我們。」

「哇……是沒徽章的啊。」

鋼太郎興致盎然看著達也的制服，接著打量達也全身上下。

「辰巳學長！這種形容方式恐怕與禁止用語有所抵觸！以這種狀況，我覺得應該用二科生來稱呼才對！」

另一名男學生如此說著，卻沒有糾正精壯男學生宛如嘲諷又宛如估價的態度。

「你們兩個，要是抱持這種單純的看法，小心栽跟斗喔。

接下來這件事我們自己知道就好，剛剛服部就栽了一個跟斗。」

然而摩利宛如消遣般咧嘴告知的事實，使得兩人的表情忽然正經起來。

「……意思是這個傢伙贏了那個服部？」

「沒錯，而且是正式比試。」

「什麼！入學至今未嘗敗績的服部，居然敗給新生？」

「澤木，聲音別這麼大，我不是說我們自己知道就好嗎？」

達也被上下打量得極為不自在，不過對方似乎是學長，是風紀委員會的前輩，所以這時候也只能選擇忍耐。

「那就可靠了。」

「委員長，他是優秀的人才耶。」

兩人的眼神一下子就變了，甚至達到掃興的程度，切換速度快得令人攤手佩服。

「很意外吧？」

「啊？」

問題太過精簡，達也不知道是在問什麼，不過摩利似乎不是為了聽到答案而詢問。

「這所學校裡，盡是一堆被花冠、雜草這種無聊頭銜搞得沉浸在優越感或自卑感的傢伙。老實說我鬱悶了很久，所以今天的比試，令我頗為大呼痛快。

幸好真由美與十文字都明白我是這種個性，所以學生會指派的人選，以及社團聯合指派的人選，他們都為我挑選比較沒有這種階級意識的傢伙。雖然沒辦法挑到毫無優越感的人選，不過大家都是可以正確評斷他人實力的人。

很遺憾，我沒辦法讓教職員指派的三名人選也是這種傢伙。不過我覺得對你來說，這裡應該可以讓你待得很自在。」

「我是三年C班的辰巳鋼太郎。司波，請多指教。我非常歡迎有實力的傢伙加入。」

「我是二年D班的澤木碧。司波學弟，歡迎你的加入。」

鋼太郎與澤木接連要求握手。正如摩利所說，他們的臉上毫無侮辱或鄙視的神情。如今達也就可以理解了。兩人剛開始投以打量的眼神，純粹是為了評定達也的實力，完全沒有把一科生或二科生的區別放在眼裡。

這確實令達也略感意外，而且這裡的氣氛確實不錯。

達也回以問候，並回握澤木的手。然而手不知為何收不回來。

「剛才說的十文字學長，是課外活動聯合會，通稱社團聯合的代表人十文字總長。」

是為了說明這件事嗎？不過這樣的話，現在應該已經可以放手才對。

「還有，請以澤木這個姓氏稱呼我。」

施加在手上的壓力，使得達也的意識被拉回現實。

幾乎令骨頭軋軋作響的握力，令達也不禁感到意外。

這所學校不只是魔法，似乎還聚集了在其他方面也很優秀的學生。

「請務必避免用名字稱呼我。」

看來這似乎是警告。

用不著這麼拐彎抹角，達也本來就不習慣以名字稱呼學長姊。不過既然是問候，當然要好好回禮才行。

「我明白了。」

達也說著微微扭轉右手掙脫束縛。

對於達也展現的體術，比起澤木本人，鋼太郎露出更加驚訝的表情。

「喔，挺有一套的嘛。澤木的握力將近一百公斤呢。」

「……真不像是魔法師會有的體力。」

達也把自己的事情放在一旁，如此打趣說著。

看來至少可以和這兩人相處得很好。

[4]

比起拐杖、魔法書、符咒之類的傳統輔助工具，ＣＡＤ可以發動更加高速、精緻、複雜而且大規模的魔法，是象徵現代魔法優勢的輔助工具。

不過，說到ＣＡＤ是否全面勝過傳統的輔助工具，倒也未必。

ＣＡＤ是精密機械，比起傳統的輔助工具，更需要勤於維修保養。其中的收發系統必須配合使用者的想子波特性進行調校，這個程序尤其重要。

ＣＡＤ以魔法師提供的想子為材料（或者形容為墨水或顏料比較恰當），輸出名為「啟動式」的想子情報體，魔法師以想子的良導體——也就是自己的身體吸收啟動式，當成設計圖來構築魔法式。經由ＣＡＤ使用的魔法，啟動速度會因為調校成果的好壞，產生百分之五十到一百以上的幅度差距。

據稱「想子」是以思緒或意念轉換而成的粒子。每個人的意念型式都不一樣，有一百人就有一百種，有一千人就有一千種。每個人的想子波特性都有微妙的差異，如果是調校不夠精準的ＣＡＤ，就無法和使用者順利進行想子的交流。

除此之外還有許多重點，可以讓ＣＡＤ使用起來更加得心應手。

調整ＣＡＤ是魔工技師的工作，這就是高明魔工技師受到重視的原因。

不過，想子波特性會隨著身體的成長與衰老而變化，也會受到健康狀況的影響，嚴格來說每天都在變化。

所以原本來說，每天都配合使用者的身體狀況進行調整，才是最理想的狀況，不過調整ＣＡＤ需要使用頗昂貴的專用機械。

如果是軍方、警方、中央政府、一流研究機構、知名學校，或是資金雄厚的大型企業，就可以設置ＣＡＤ調整裝置以及技術人員，不過如果是中小企業或個人，基本上不可能擁有齊全的自用調整設備。位於小型組織的魔法師，頂多就是每個月一到兩次，前往魔法機器專賣店或廠商的服務中心接受定期檢修。

第一高中不愧是國內首屈一指的名校，擁有學校專用的調整設備。一般來說，學生都和教職員一樣，會在學校進行ＣＡＤ的調整。

不過基於某些特殊原因，達也家裡具備最新型的ＣＡＤ調整裝置。

◇　◇　◇

晚餐之後就在地下室改造而成的工作室調整自用ＣＡＤ的達也，聽到可說是家裡唯一同居人叫他的聲音而轉過身去。

「不用客氣，直接進來吧，我這邊也剛好到一個段落。」

這番話並無虛假。而且深雪應該也是算準到一個段落的時間才出聲。

「打擾了。哥哥，我想請您幫我調整ＣＡＤ……」

她手上拿著像是行動終端裝置的ＣＡＤ。

隨著深雪接近，香皂的淡淡芳香撲鼻而來。

她身上是宛如醫院檢查身體時所穿的簡單罩衣。

「設定不合嗎？」

這是進行嚴謹調整時的穿著。

「絕對不是！哥哥的調整總是最完美的。」

深雪總是像這樣過度稱讚，所以達也沒有刻意糾正。依照至今累積的經驗，他至少知道爭論這種事情只是浪費工夫。

不過，三天前才進行過全面檢修，平常的話都會間隔一週，所以達也難免會覺得是基於某種突然的理由。

「只不過，那個……」

「不用對我客氣。我不是一直這麼說嗎？」

「不好意思，其實我想請哥哥幫我更換啟動式……」

「什麼嘛，原來是這麼回事。妳真的不用對我客氣，不然我反而會擔心。」

達也輕輕摸亂妹妹的頭髮，從她手中拿走ＣＡＤ。

深雪有些害羞地低著頭。

「所以妳想追加哪種系統？」

泛用型ＣＡＤ每次能夠登錄的啟動式為九十九種。即使深雪的ＣＡＤ是最先進機種，而且還進一步改良過，這依然是無法突破的極限。

另一方面，說到啟動式的類型，會依照啟動式的構築程度，或是使用者以多少魔法演算領域來處理而不同，實際上可以細分成無數種類。

一般來說，會把座標、強度、結束條件設為變數，在魔法演算領域進行追加處理，除此之外的要素都是預先設定於啟動式。不過也有不少人將強度也設為啟動式的常數，藉以減輕演算處理的負荷，提升魔法發動的速度。如果是防禦系的魔法式，以術者為中心的相對座標，大多會設定為常數，接觸系魔法則是將所有數值設為常數，實習課也有介紹到這樣的技術。

深雪則是與上述例子相反，她偏好登錄的啟動式，是儘可能減少常數項目，提高魔法使用彈性的類型。

深雪以十五歲的年紀熟悉的魔法數量，就已經遠超過一般魔法師能學會的平均值。對於能夠得心應手使用多變魔法的深雪來說，九十九這個限制太少了。

「我想增加拘束系的啟動式……增加對人戰鬥的魔法種類。」

「嗯？但我覺得只要妳有減速魔法，就不用刻意增加拘束系魔法吧？」

在各式各樣的招式之中，深雪最擅長減速系魔法。例如減速系衍生而成的冷卻魔法，她甚至可以達到近似絕對零度的水準。

「如哥哥所知，減速魔法幾乎是以完整個體為對象，很難針對單一部分行使。

雖然並不是沒辦法做到部分減速或是部分冷卻，不過發動時間太長了。

看過今天的比試，我心中有個想法。

我覺得自己或許欠缺了重視速度，以最低傷害剝奪對方戰力的術式。」

「唔～……我覺得深雪不是這種類型就是了。

出其不意以速度擾亂對手，確實也是一種戰法，不過以妳的狀況，可以用超凡的魔法力壓制對方。所以進行『領域干涉』令對方魔法失效，再以規模和強度高於對方防禦力的魔法進攻的正統派戰法，應該會比較適合妳吧？」

這裡提到的「領域干涉」，是將自己周圍的空間納入己身魔法力的影響，使得對方魔法失效的技術。在限定領域覆蓋「事象不會被改變」的魔法，阻止對方以魔法改變事象。

如同達也所說，深雪的領域干涉能力非常地強，即使在魔法戰處於後攻狀態，也幾乎不會因為對方的魔法而受創。如果對手是深雪，「先發制人」這種魔法戰的基本戰術，並不能當成優先使用的戰術。

「……不可以嗎？」

不過，對於戰戰兢兢如此詢問的妹妹，達也說不出「不可以」這三個字。

「不，並不是不可以。也對……如果是在學生會，當成應付同校學生的戰法，或許會需要用到這樣的魔法。

明白了，我稍微整理一下相同系統的啟動式，盡量避免刪除妳現有的魔法吧。」

達也不可能抗拒妹妹的請求。但他不會忘記提供建議。

「其實妳只要多帶一台ＣＡＤ就可以了。」

「只有哥哥能夠同時操作兩台ＣＡＤ。」

「如果有這個心，妳也做得到。」

深雪撇過頭去，達也則是露出苦笑，反覆輕撫她的頭。摸頭或是輕撫秀髮，是達也討好妹妹的基本招數。

效果立竿見影。

哥哥手掌完全包覆頭頂的溫柔觸感，使得深雪瞇細眼睛。

「那就先完成測量程序吧。」

看到妹妹恢復心情，達也以技師的表情如此說著。

依戀著手掌觸感的深雪退後一步，並且輕盈褪下罩衣。

展露出不能被外人看見的半裸軀體。

躺在測量台上的深雪，身上只穿著一套潔白的內衣褲。

這場面讓清純的純白轉變為一種無比煽情的顏色。

即使是妹妹，不，正因為深雪是出類拔萃的美少女，達也應該也無法維持內心平靜。深雪身上充滿令男性瘋狂迷戀的魅力。

但即使妹妹無法掩飾羞恥情緒，以溼潤的雙眼看向這裡，達也眼中也沒有任何情緒。

現在的他是以人體構成，用來觀察、分析與記錄的機器。

不帶入情感，完整認知事象原貌。現在的達也，體現出魔法師想達到的某種理想型。

◇　◇　◇

「辛苦了，已經結束了。」

在達也示意之下，深雪從床上起身。
這種類型的測量並不是隨處都能進行。
測量到如此精密的調整程序，反而屬於罕見的類型。
例如學校的調整設施，是戴上頭套再將雙手放在觸控板進行測量。
深雪從移開視線的達也手中接過罩衣穿上，並且以鬧彆扭的表情看著達也的背。
哥哥坐在沒有靠背的椅子上，若無其事般地面對終端裝置。
不，並不是「若無其事般」。
事實上真的沒有發生任何事，何況每週都會進行相同的程序。
要是每次都會在意，就會沒完沒了。
雖然並不是不會害羞，也不想捨棄羞恥心，卻也不會出現進一步的想法。
不讓進一步的想法出現。
對於深雪來說，她很感謝哥哥能保持平靜。
——平常的話是如此。
「哥哥好狡猾……」
「深雪？」
深雪嬌媚的聲音，令達也聲音高了八度。

——鮮少聽到的，哥哥動搖又狼狽的聲音。

——這樣的聲音令心跳加速、體溫升高。深雪內心的某處，對此有種奇妙的滿足感。

披著罩衣的深雪沒有扣起前釦，就這麼像是被達也背起來一樣依偎在後方，讓彼此的臉頰相互摩蹭，以柔軟雙峰抵住達也的背，在親哥哥耳際繼續細語。

「明明讓深雪留下這麼害羞的回憶，哥哥卻總是無動於衷……」

「慢著，深雪，那個……？」

「還是說，您沒有把我當成異性看待？」

「有的話就麻煩了吧！」

這個說法很中肯。不過在這個中肯說法化為言語呈現的瞬間，它成了一條鎖鏈，硬是將達也的思緒拖往不得意識到的事實上去。

「您不喜歡深雪嗎？哥哥欣賞七草學姊那樣的女性嗎？還是渡邊學姊那樣的女性？今天您似乎和她們聊得很親暱……」

「妳有聽到？」

這是不可能的事情。

深雪一直在學生會室，向梓學習情報系統的操作方式。

何況要是她有偷聽，達也不可能沒有察覺。

然而現在的他，沒有餘力將這樣的反駁有系統地好好組織起來。

「果然是這樣！畢竟那兩位都是美麗的女性……」

「哈囉？深雪小姐？妳是不是有所誤會了？」

「被美女學姊環繞而心花怒放的哥哥……」

不知何時，深雪左手握著她的ＣＡＤ。

「要接受懲罰！」

「嗚哇！」

深雪完全冷不防地釋放振動波，束手無策的達也就這樣抽搐著身體從椅子跌落。

【自我修復術式，自動啟動。】

【由備份系統讀取核心個別情報體資料。】

【載入魔法式——完成。自我修復——完成。】

昏迷的時間只有不到一秒鐘的剎那。

他不會讓失去意識的時間超過一瞬間。

他不允許自己昏迷超過一瞬間。

這是宛如詛咒，他原本的魔法。

自然張開眼睛一看，美麗如花的一張臉從上方窺視。

「哥哥早安。」

「……我做了什麼惹妳生氣的事情嗎？」

「不好意思，我玩笑開過頭了。」

即使嘴上在道歉，深雪臉上依然掛著笑容。

對外總是維持成熟態度的妹妹，如今展露出少女應有的可愛笑容。

看到這張笑容，就覺得一切都無所謂了。

實際上，這是平凡無奇的兄妹嬉鬧。

即使想要使用多麼激烈的手段，這個妹妹到最後都無法傷害他。

「拜託饒了我吧……」

牽起深雪伸過來的手，嘴裡如此抱怨的達也，臉上也掛著笑容。

◇　◇　◇

清醒的時間一如往常。

不過比起以往，今天早上起床的感覺似乎比較差。

腦袋有些朦朧。

家裡沒有哥哥的氣息。

應該是出門進行晨間修行了。

這也是一如往常。

哥哥每天晚上都比她晚睡，每天早上都比她早起。

前天她比較早起的狀況，真的是非常罕見。

以前曾經擔心哥哥可能會弄壞身體。

如今她已經明白，這只是自尋煩惱。

她的哥哥，那個人是特別的人。

世間的人們將她稱為天才。

稱讚她與世人不同，是一個特別的人。

——這些人一點都不懂。

真正了不起的人，真正特別的人，真正的天才，是哥哥。

那個人所處的次元不同。

其他人一無所知。

隱瞞嫉妒的情緒，向她阿諛奉承的那些女生，應該不會明白。

真正無與倫比的才華，會超越嫉妒，帶來恐懼的情緒。

不是敬畏，是恐懼。

他們兄妹的父親，曾經因為過於畏懼，對自己的親生兒子進行多麼殘忍的處置，進行多麼不公平的對待，這一切她都知情。

哥哥相信她並不知情。

所以，她假裝自己不知情。

父親——那個男的至今依然企圖打壓哥哥的才華，給予虛假的挫折感，藉以摧殘哥哥的內心與志氣，意圖折斷那對翱翔於遙遠天際的翅膀。她其實全部知情。

何其滑稽。

原本想將兒子關進牢裡用鎖鏈捆綁，結果卻體認到兒子的才華遠超過自己。

賦予了足以購買自由的財力。

唯一擁有的拘束力，也落得必須眼睜睜放掉的下場。

那個男的唯一能做的，就是對哥哥冠上虛假的名號，奪走世人對哥哥的喝采。

明知哥哥對這種東西沒興趣，依然這麼做。

……無法控制思緒。

甚至覺得自己的事情，其實發生在自己以外的某人身上。

感覺意識似乎沒有完全清醒。
難道是睡眠不足？
其實深雪知道原因。
是因為昨晚發生的那件事。
當時的她，能夠表現出平靜的態度。
甚至覺得狼狽的哥哥很罕見、很好笑、很可愛。
因為這樣的想法勝過一切。
然而與哥哥分開，獨自躺在床上之後，內心就無法保持平靜了。
心跳加速，無法入睡。
內心紊亂，沒能安眠。
這是愛戀。
不過——
並非戀愛的情感。
不可能是男女之情。
那個人是親哥哥。從三年前的那時候開始，深雪就一直如此告誡自己。
三年前，被那個人搭救，得知那個人真正價值的那一天起，我就發誓要成為配得上那個人的妹妹，並且一直努力至今。

如同我曾經被那個人搭救，總有一天，我希望能夠成為那個人的助力。想讓自己足以搭救那個人，自己至今依然打從心底如此希望。

我對那個人毫無所求。

因為原本應該失去的這條命，就是那個人救回來的。

雖然現在的自己，只是束縛著那個人的枷鎖。

不過希望總有一天，自己能成為解放那個人的鑰匙。

想成為那個人的助力。

——現在的當務之急，是要準備早餐。

雖然那裡也會招待用餐——

不過那個人肯定會照例餓著肚子回來。

要讓那個人享受美味的早餐。

這是我現在能做的事情。

深雪打起精神起身，伸了一個大大的懶腰。

【5】

雖然魔法科高中在各方面很特別，不過基本制度和一般學校沒有兩樣。

這所第一高中也有社團活動。

要得到校方認可是正規社團，就必須擁有足夠的社員和實績，這方面也一樣。

不過，與魔法有密切關連，魔法科高中才有的社團也很多。

如果是主流的魔法競賽，第一到第九國立魔法大學的附設高中會相互進行對抗賽，而且競賽成績也可能影響各校的評價。校方對於競賽投注的心力，或許更勝於運動名校對傳統全國競賽所投注的心力。在名為「九校戰」的對抗賽得到優秀成績的社團，從社團預算到社團成員個人的評價，在各方面都會得到好處。

爭取有實力的新社員加入，是直接影響各社團勢力圖的重要課題，而且學校也公認這一點，不，甚至有推波助瀾的感覺。

所以在這個時期，各社團的新社員爭奪戰熾烈至極。

「……基於上述原因，所以這個時期經常會發生社團之間的爭執。」

地點是學生會室。

達也仔細品嚐深雪所做的便當，並且聆聽摩利的說明。

「招生活動有可能激烈到影響正常課程，所以社團招生活動只能在固定時間舉行。具體來說就是以今天開始的這一個星期為限。」

說出這番話的，是坐在摩利旁邊的真由美。

順帶一提，達也身邊理所當然般地由深雪陪伴。

鈴音與梓不在現場。昨天是真由美特地要求，平常兩人似乎都和同學一起吃飯。

另外，摩利和昨天一樣，帶了自己親手做的便當。結果只有真由美一個人是吃自動配膳機提供的機械調理餐點，使得她頗為鬧脾氣，不過似乎終於恢復心情了，還摩拳擦掌表示明天也要自己做便當。

「這段期間各社團會一起搭設招生攤位，算是頗具規模的熱鬧慶典。

各社團會依照私下流通的入學測驗成績清單，爭取成績優秀或是有競賽佳績的新生。

表面上當然有既定的規則，如果有社團違反規則，社員也得負起連帶責任接受懲罰，不過很遺憾，在私底下動粗或是使用魔法相互攻擊的狀況並不少見。」

摩利的這番話，使得達也露出懷疑的表情。

「不是禁止攜帶ＣＡＤ嗎？」

即使沒有ＣＡＤ，也不代表無法使用魔法。不過如果沒使用ＣＡＤ，幾乎不可能造成足以用「相互攻擊」來形容的激烈爭端。

摩利對於這個疑問的回答，令達也無言以對。

「校方准許社團使用ＣＡＤ對新生進行展示。雖然姑且會對其進行審核，不過事實上等於是完全開放。

也因此，校園在這段期間，更加成為沒有法治的狀況。」

這樣當然會成為沒有法治的狀況——達也反射性如此認為。為什麼校方會放任這種狀況……一般來說肯定會研討對策，比方說提高審核標準之類的。

在達也詢問之前，真由美就提供答案了。

「因為校方也希望提高九校戰的成績。或許也是為了增加新生加入社團的比例，因此稍微違反校規也是睜隻眼閉隻眼。」

強制參加課外活動，被當成是無視於學生人權的做法，所以掌管教育的政府機構，從幾十年前就已經下達禁令。不過被社團拉攏加入的學生比比皆是，運動校隊以「選擇學校的自由」為藉口進行的招生活動，實際上也是無法可管。所以這個禁令是自打嘴巴而且沒有意義，不過表面上依然維持著不能無視的效力。

「就是這麼回事，所以風紀委員會從今天開始要全力以赴一個星期。

哎呀，來得及填補空缺真是太好了。」

摩利說著往旁邊看了一眼，大概是想挖苦吧。

「能找到優秀的人才真是太好了，摩利。」

真由美以笑容隨口帶過，兩人都不為所動。由此看來，這種互動應該是家常便飯了。

達也吞下最後一口飯，並且放下筷子。隨即身旁的深雪就為他的杯子倒茶。

他喝口茶潤喉之後，試著進行小小的抵抗。

「社團爭取的對象是成績優秀的人，也就是一科生吧？那我覺得自己派不上用場。」

這個宣言是套用摩利昨天所說「二科生應該由二科生取締」這個表面上的論點，來暗示自己不想出勤。

「不用在意這種事，我期待你能夠成為即時戰力。」

不過摩利立刻就駁回了。

像這樣當面斷言，達也終究是沒辦法再度回嘴了。

「……唉，我明白了。放學之後就要巡邏吧？」

「放學之後就來總部報到。」

「收到。」

達也乖乖接受了摩利的命令。不知道該說是灑脫還是懂得分寸，頗難定論。

他身旁的深雪，則是向真由美請求指示。

「會長……我們也要加入取締部隊嗎？」

深雪所說的「我們」指的是學生會的成員。表面上平易近人，實際上卻不太會處理人際關係的妹妹，表現出這種早早融入學生會的態度，令達也會心一笑。

「到時候會讓小梓支援巡邏任務。而且為了以防萬一，我和範藏學弟必須在社團聯合總部待命，所以要請深雪學妹和鈴妹一起在這裡留守。」

「明白了。」

深雪嚴肅點了點頭，但達也看得出她有些失望。

雖然她性格並不好戰，但實力沒有問題。

或許是想試試新搭載的拘束系術式吧。

要是她本人聽到這種說法，或許會大喊「並不是！」接著小聲咒罵「……哥哥是笨蛋」這種話——達也抱持著這樣的誤解，提出剛才浮上心頭的疑問。

「中条學姊支援巡邏？」

這句話暗示著「梓的話不太可靠吧？」這樣的主張。

雖然同樣是「暗示」，不過或許是因為對象不同，所以這次有提出來說明了。

「我明白她的外表會令人擔心。不過達也學弟，人不可貌相喔。」

「這我明白，不過……」

達也反倒是把梓的懦弱個性視為問題點。

大概是立刻明白達也支吾其詞的意思吧，真由美笑著搖了搖頭。

「她懦弱的個性，算是有點……不對，應該說相當美中不足的地方吧？不過像是這種時候，小梓的魔法會很可靠喔。」

摩利臉上也浮現類似的苦笑。

「沒錯。

如果是多數人鬧到無法收拾的場面，她的魔法『梓弓』能產生的效果，應該沒有其他魔法能出其右了。」

現代魔法是一種技術，許多魔法已經制式化成為共享的資源。其中當然有一些不對外公開的術式，不過大多數的魔法都是登錄在公開的資料庫裡。這些魔法通常是以系統與效果來識別，不過獨創性高的魔法會另外加上專屬名稱。

「梓弓……？這不是正式的專屬名稱吧？是系統外魔法嗎？」

不過就達也所知，對外公開的資料庫裡，並沒有名為「梓弓」的魔法。不公開的魔法大多是系統外魔法，所以達也才會如此詢問。

「……難道說，你記得所有具備專屬名稱的魔法？」

不過沒人回答他的問題，取而代之的是摩利以驚訝語氣提出的詢問。

「……達也學弟，你該不會是透過衛星訊號之類的，隨時和巨大資料庫連結吧？」

真由美也是打從心底感到驚訝。

學姊們的反應，使得深雪一時差點笑出聲音，不過這種場面不是第一次遇到，所以她沒有花費多少工夫，就得以維持端莊的表情。

以超能力研究為開端的現代魔法，在分析名為魔法的現象時，並不是以「著火」或「起風」這種表面上的性質，而是以作用形式進行分類。

也就是：

〔加速／加重〕

〔移動／振動〕

〔聚合／發散〕

〔吸收／釋放〕

分成上述的四大系統及八大種類。

當然，只要是分類肯定有例外。在現代魔法學，也承認某些魔法無法歸類在這四大系統及八大種類之內。

不屬於四大系統的魔法，大致可以分成三個類型。

第一種類型，是簡稱ＥＳＰ，不屬於五感範圍的「知覺系魔法」（這裡的ＥＳＰ，並非指「超能力」，而是指知覺系的能力）。

第二種類型，並不是將伴隨事象而來的「個別情報體」暫時改寫藉以改變事象，而是以操控想子本身為目的，這種魔法稱為「無系統魔法」。真由美所擅長「發射想子彈」的魔法，就是無系統魔法的典型。達也之前ＫＯ服部的魔法，嚴格來說也不是振動系魔法，而是無系統魔法。不過想子形態的操控，有些地方也適用於四系統八大類的分類，所以四大系統魔法和無系統魔法，並沒有非常嚴格的區別。

最後一種則是操控精神現象，並非操控物質事象的魔法，這種魔法總稱為「系統外魔法」。系統外魔法真的是不屬於任何系統，無法歸類於任何系統的魔法，從使喚靈異存在的神靈魔法、精靈魔法，或是讀心、靈魂出竅、意識操控等，包括的種類琳琅滿目。

「如同達也學弟的推測，小梓的『梓弓』是情緒干涉系的系統外魔法。可以引導固定範圍內的所有人進入某種恍惚的狀態。」

或許是驚訝之後感到滿足（？），真由美總算回答關於「梓弓」的問題了。她所說的「情緒干涉系魔法」是精神干涉魔法的一種，並不是對意念或意識產生作用，而是對情緒或衝動產生作用的魔法。

「梓弓不會剝奪意識，也不會占據意念，所以無法使對方陷入毫無抵抗的狀態。不過因為有效範圍不是個人而是區域，所以可以同時對多數人使用，是在精神干涉系魔法相當罕見，最適合讓激動群體鎮靜下來的魔法。」

聽到摩利的補充說明之後，達也皺起眉頭。

「……那不就是列入第一級管制的魔法了……？」

系統外魔法基於特性，比四大系統魔法受到更嚴格的使用限制。其中精神干涉系魔法的使用條件尤其嚴苛。

光是聽到剛才的說明就知道，這種魔法會因為使用方式，成為非常恐怖的洗腦工具。因為處於恍惚狀態的人，被灌輸暗示的可能性也會提高。

如果知道這種魔法的存在，想要利用這種魔法的獨裁政治家、恐怖分子或是宗教領袖應該會絡繹不絕。

聽到達也如此指摘，真由美笑著答道：

「放心，你能想像小梓成為獨裁者的幫兇嗎？」

「但也可能會被迫協助吧？」

「這就更不可能了。

那孩子光是在路邊撿到小額儲值卡，就會差點哭出來了。

若是處於這種被罪惡感壓垮的心理狀態，當然沒辦法好好使用魔法吧？」

魔法會受到心理狀態影響，這是近乎常識的定理。

既然如此善良，光是體認到自己涉及集團洗腦的重大犯罪，或許就無法使用魔法了。

只不過，既然個性極為懦弱，也可以反過來利用依賴心態來操控，不過現在不需要追究到這種程度。

然而，還有一個更為原則上的問題。

「不過，我覺得無論中条學姊的個性如何，法律上對於精神干涉系魔法的使用限制，應該還是適用吧……」

深雪指出這一點，使得真由美無從辯解。

「……那個，放心，深雪學妹，我們不會讓她在校外使用。」

好不容易擠出來的答案前後矛盾。雖然真由美看起來不像是陷入困境就會實力銳減的類型，不過這次要是沒有摩利的支援，或許就會無法脫身了。

「真由美……我覺得這種講法明顯會招致誤解。

關於中条使用系統外魔法的權限，已經以『只限於在校內使用』為條件得到特准了。

這種使用限制在研究機構比較寬鬆，我們利用了這一點，換句話說就是祕技。」

「原來如此。」

「原來有這樣的手段啊。」

「嗯，就是這樣……」

對於摩利的解釋，司波兄妹露出認同的表情點頭，真由美則是露出笑容想敷衍帶過。

◇◇◇

下午課程結束之後，達也即使沒什麼意願，依然動身準備前往風紀委員會總部，卻在這時候被一個音調較高的聲音叫住了。

轉身一看，是一名頭髮剪得不會過短，身材苗條的少女。與其說她是修長型，說她是俐落型應該更為貼切。

「艾莉卡……真難得，只有妳一個人？」

「會難得嗎？就我自己認為，我並不是會主動和別人約好一起行動的類型耶。」

聽她這麼一說，達也心裡其實也有個底。

「不提這個，達也同學，你要參加什麼社團？

美月說她已經決定加入美術社了。

原本她問我要不要加入，但我不是美術的料，而且想到處看看有沒有好玩的社團。」

「記得雷歐也說他已經決定了。」

「是山岳社吧？簡直太符合他的個性了。」

「嗯……確實很符合。」

「聽說我們學校的山岳社，比起登山更致力於野外求生，該怎麼說呢，太適合了。」

如此嘀咕發牢騷的艾莉卡，看起來一副很無聊的樣子。

「達也同學，既然你還沒決定社團，要一起逛逛嗎？」

如果把這種想法告訴她本人，她應該會否認吧。不過她臉上頗為落寞的表情，令人難以拒絕她的邀約。

「其實我現在就已經被風紀委員會恣意使喚了。」

雖然以結果來說一樣是到處閒逛，不過我必須在校內巡邏。如果這樣也可以，那我就陪妳一起逛吧。」

「唔～……哎，好吧。那就在教室前面會合囉。」

聽到達也的邀請，艾莉卡像在賣關子般思考片刻，然後以「逼不得已」的手勢回應。

不過，她臉上的笑容拆穿了她的演技。

◇　◇　◇

「為什麼你會在這裡！」

這是重逢之後的第一句話。

「慢著，再怎麼說，這也太超乎常理了吧？」

達也以無奈的聲音嘆氣，這樣的態度只會引得對方更加激動。

「什麼～！」

不只是言語激動，對方如今幾乎要撲過來了。

「新來的，你吵死了。」

然而聽到摩利出聲喝斥，森崎駿連忙閉嘴，而且還立正不動。

「本次集會是風紀委員會的業務會議，所以與會人員理所當然都是風紀委員，好歹給我認知到這個道理。」

「非常抱歉！」

可憐的森崎，表情因為緊張與恐懼而抽搐。

他前天才差點被摩利押走。而且即使除去這一點，摩利的地位等同於學生會長與社團聯合總長，她的斥責對於新生來說太沉重了，對於個性正經的人尤其如此。

「算了，坐下吧。」

看到一年級新生臉色蒼白挺直不動，摩利露出尷尬的表情命他就座。

綜合昨天至今的言行舉止來看，她的個性似乎和那種欺負弱者為樂的類型完全相反。

森崎坐在達也的正對面。雖然彼此都不希望這麼坐，不過兩人都是一年級而且地位最低，所以也只能坐在下位大眼瞪小眼。

「都到齊了吧？」

後來兩名三年級學生接連進入，在室內人數達到九人時，摩利站了起來。

「各位就這麼坐著聽我說吧。

今年又要迎接騷亂無比的一週了。

對於風紀委員會來說，這是新年度的第一道關卡。

去年我們之中有人得意忘形大鬧，也有人為了平息混亂而引發更大的混亂，希望各位這次繃緊神經完成本分，讓今年沒有任何學生受到處分。

聽好了，風紀委員絕對不准帶頭引發狀況。」

看到場中不只一人縮起脖子，自覺容易被捲入麻煩的達也，警惕自己不能重蹈覆轍。

「幸好今年來得及填補畢業生的缺額。

為各位介紹一下吧。起立。」

雖然沒有事前說好或是預先告知，不過兩人都是不慌不忙立刻起身。

雖說如此，表情還是有著明顯的差異。

森崎無法掩飾緊張，也沒有掩飾緊張，反而將這股情緒塑造成熱忱並立正不動。達也則是維持沉著的表情，一副過於悠閒的模樣。

如果是注重階級關係的人，應該會比較欣賞森崎的態度，至於貫徹實力主義的人，應該會覺得達也的態度看起來很可靠。

「他們是一年A班的森崎駿，以及一年E班的司波達也。今天就會立刻讓他們參與巡邏任務。」

場中出現一陣騷動，應該是因為聽到達也的班別吧。不愧是取締禁句的大本營，完全聽不到有人暗自說出雜草之類的字眼。

「要讓他們和誰搭檔？」

不算是代替，但名為岡田的二年級學生舉手發言了。他是教職員推薦的人選之一。

「如同上次的說明，在社員招生週的期間，所有人都是單獨巡邏。即使是新來的也不例外。」

「真的派得上用場嗎？」

形式上，岡田這番話是對著達也與森崎兩個人說，不過他投向達也左胸的目光，反應了他的真心話。

由於是預料之中的反應，因此達也看向摩利，示意請她全權負責。

然而用不著如此示意，摩利就已經露出厭煩的表情看向岡田了。

「嗯，不用擔心，他們兩人都是可用之材。

我親眼看過司波的實力，森崎操作演算裝置的功力也令人激賞。

前天只是剛好碰上難應付的對手罷了。

如果還是擔心，你就和森崎一組吧。」

這種毫不在乎的回答，使得岡田臉上浮現怯懦的表情，但他勉強保持平靜，以挖苦的語氣回答「這就免了」。

「還有哪個傢伙有意見嗎？」

這種稱不上和善，老實說簡直是挑釁的語氣，使得達也頗為驚訝。不過除了他與森崎，似乎沒有其他人在意。

大概代表這是習以為常的光景吧。看來委員會內部有著嚴重的對立。

不過委員長帶頭煽動對立，達也感到不以為然。

「接下來進行最終確認。

巡邏要領如同上次的討論結果，我想應該沒有人反對了吧？」

雖然以氣氛來說並不是毫無異議，但也沒有人積極表達反對意見。

「很好。

那就立刻動身吧，別忘了帶攝影機。

司波與森崎兩人由我來說明。

其他人，出動！」

所有人同時起立雙腳合攏，右手握拳敲向左胸。

當時的達也不知道這是在做什麼，後來才得知這是風紀委員會歷屆採用的敬禮動作。除此之外還有一個規定，無論是在什麼時段，問候語都是使用「早安」。

除了摩利、達也與森崎，其餘六人接連離開總部。最後離開的鋼太郎與澤木，各自對達也說聲「別太拚命了」、「有不懂的地方儘管問」（哪句是誰說的自不用提）才離開總部。

達也恭敬（至少表面上是如此）目送兩人離去，森崎則是心有不滿瞪著他。

看到這幅光景的摩利，好不容易忍住頭痛與嘆息，對達也與森崎說道：

「首先要給你們這個。」

摩利將臂章與薄型攝影機交給並肩列隊的兩人。

「攝影機放在胸前口袋，機器的尺寸剛好可以讓鏡頭露出來，開關的按鈕在右側。」

依照吩咐，將錄影機放在制服胸前口袋一看，可以就這麼直接拍攝。

「今後只要進行巡邏任務，就要隨身攜帶這台攝影機，發現違法行為就立刻開啟。

不過你們不用太過在意有沒有錄影，風紀委員的證詞原則上會直接視為證據採用。

當成以防萬一的存證工具就可以了。」

等待兩人回應之後，摩利指示兩人拿出行動終端裝置。

「我傳送委員會的通訊代碼給你們……好，確認一下。」

兩人回報已經確實收到代碼。

「報告狀況時，務必要使用這個代碼。這邊進行指示時也會使用這個代碼，所以你們務必要進行確認。

最後是關於ＣＡＤ的注意事項。

風紀委員獲准在校內攜帶ＣＡＤ，使用時也無須每次請示許可。不過要是確定有非法使用的狀況，除了會開除委員資格，還會比一般學生受到更嚴重的懲罰。

前年就有個傢伙因而退學，不可以抱持僥倖的心態。」

「我想請教一個問題。」

「准許發問。」

「關於ＣＡＤ，我可以借用委員會的備用品嗎？」

達也的詢問似乎令摩利相當意外，她間隔片刻之後才回應。

「……無所謂，不過原因是什麼？

或許這麼說是班門弄斧，不過那是舊型耶。」

看過達也昨天的比試、比試前後的整理動作，以及整理房間時的檢修手法，摩利就判定達也的ＣＡＤ相關技術相當高等。

而且聽過梓的狂熱發言，也明白他擁有的ＣＡＤ是高規格的機種。

這樣的他，卻刻意表示想要使用舊型ＣＡＤ。

摩利無法壓抑好奇心。

「確實是舊型，不過那是行家規格的高級品。」

達也帶著苦笑回應的答案，完全超乎摩利的預料。

「……是嗎？」

「是的。

這個系列因為調校很麻煩，一般人敬而遠之，不過設定的自由度很高，而且非接觸型介面非常靈敏，是受到部分人士熱烈支持的機種。買來當成備用品的學長應該是死忠支持者吧。

只要不計較電池續航力不足的缺點，處理速度也可以超頻到最新型號的水準。

要是拿到識貨的商家，可以賣一個好價錢。」

「……我們卻當成破銅爛鐵處置是吧？

原來如此，我總算明白你堅持要整理的原因了。」

「如果是中条學姊，應該也知道那個系列才對……」

「中条她怕得不敢下樓來這裡。」

「這樣啊～」

兩人相視露出苦笑。

到這個時候，摩利才終於察覺到被冷落在一旁的森崎。

「咳咳。既然這樣，就隨便你怎麼用吧，反正是至今都在積灰塵的玩意兒。」

「那麼……我要借這兩台。」

「兩台……？你真的很有趣。」

其實達也昨天就把自用的調整資料複製到這兩台CAD了。看到達也將兩台CAD分別裝在左右手，摩利咧嘴一笑，森崎則是扭曲嘴角露出譏諷的表情。

◇　◇　◇

「喂。」

與前往社團聯合總部的摩利道別之後，森崎從後方叫住達也。

聽聲音就知道，來意絕非友善。

雖然打從心底想裝作沒聽到，但這樣可能會把麻煩鬧大，達也只好勉強轉過頭來。

「什麼事？」

以傲慢的態度回應對方敵意畢露的搭話。

當然不可能形成友好的氣氛。

「看來你很擅長虛張聲勢。你就是用這種方式討好會長和委員長嗎？」

「羨慕嗎？」

「啥……」

若光是這種程度的回嘴就發火，從一開始就不應該出言不遜了。達也如此心想。

相對的，這份率直也令達也羨慕。

「……不過，你這次做過頭了。

憑你們二科生，不可能有辦法同時使用複數的ＣＡＤ。」

聽到森崎這番話，達也心中嘲諷地認為，他之所以沒有用「雜草」來稱呼二科生，應該是自覺到風紀委員的身分吧。不過森崎沒有察覺達也的挖苦目光，似乎就像是陶醉在自己的話語，洋洋得意地繼續說教。

「要是雙手都裝備ＣＡＤ，肯定會因為想子波相互干擾，導致兩台ＣＡＤ都不能用。

你連這種事情都不知道就想耍帥對吧？

反正用不出什麼了不起的魔法，你就低調巡邏避免出糗吧。」

「這是在好心給我建議？

森崎，你真從容啊。」

「哈！我和你們這些人不一樣。前天只是一時大意，不過下一次我不會再犯了。

我會讓你見識彼此之間的差距。」

看著森崎丟下這番話之後轉身離去的背影，達也不禁心想。

能夠相信有「下一次」的存在，是何等幸福的事情啊……

◇◇◇

雖然與艾莉卡約好碰面，教室前面卻沒有她的身影。

（其實也無妨……）

達也嘆氣後開啟行動終端裝置的ＬＰＳ。入學之後，他就完全養成嘆氣的習慣了。

螢幕顯示校區的平面圖，以及一個緩緩移動的紅色光點。

看來她至少有貼心開著終端裝置。

目前還沒有走太遠。

（算是以防萬一的準備嗎……）

艾莉卡完全就是要達也主動找她。

擴大平面圖確定位置之後，達也朝著艾莉卡終端裝置發出的訊號前進。

操場擺滿帳篷，從窗戶看去，連校舍間的通道也塞滿，簡直是慶典當天的露天攤販。

「真的就像是慶典一樣熱鬧……」

艾莉卡輕聲自言自語，並且察覺到自己現在的模樣，差點一時衝動就逕自笑出聲音。

她原本就經常自言自語。

不過，入學典禮結束之後，這個習慣就變得不明顯了。

（居然說難得只有我一個人……達也同學，你意外沒有看女生的眼光吧？）

她在心中對爽約——是她主動爽約——的男生如此說著。

包括國中時代，以及更早的國小時代，她都是經常獨處的少女。

並不是因為討厭人群。

真要說的話，她擅長待人接物。

和任何人都能迅速打成一片。

相對的，也會立刻疏遠。

因為她沒辦法從早到晚都和別人在一起，沒辦法總是結伴行動。
她自己分析過，這是因為自己對於人際關係不甚執著。
交情比較好的朋友，曾經說她是個醒悟的人。
也說她宛如隨性的貓咪。
和她鬧翻的朋友，也曾經形容她是高處不勝寒。
雖然前來糾纏的男生絡繹不絕，卻也沒有男生持之以恆。
自由自在，隨心所欲，無拘無束。
這是她的行事宗旨。
（……雖然是宗旨……不過最近的我或許有點奇怪。）
客觀來看，艾莉卡認為最近自己似乎經常跟在他身邊。
自己居然主動邀他一起逛社團，這是不久之前從來不會有過的念頭。
她想過，至今還不到一個星期，或許會和往常一樣很快就膩了。
同時也在想，這次或許會和往常不同……

「艾莉卡。」
距離約定時間的十分鐘之後，從校舍裡前往操場，正要走到校舍門口時，艾莉卡聽到達也叫她的聲音。

出乎意料這麼快就追上了——艾莉卡如此心想。

「達也同學，你真慢。」

「……抱歉。」

達也瞬間隱約透露有苦難言的表情，不過立刻化為體諒的表情，率直低頭致歉。

「…………你道歉了？」

出乎預料的反應，使得設局的艾莉卡反而有些失措。

「雖然只是十分鐘，不過確實超過會合的時間了。」

艾莉卡沒在會合地點，和我的遲到是兩回事吧？」

「啊嗚……對不起。」

雖然這種形容有點怪，但看到對方以非常正經的模樣投以微笑，艾莉卡也無從反擊。

「……達也同學，果然有人說過你個性很差吧？」

「這種說法太令人遺憾了。」

沒有人批評過我的個性。

不過曾經有人說我做人很壞。」

「還不是一樣！而且這種說法比較狠吧！」

「啊，我說錯了。
不是說我做人很壞，而是說我是壞人。」
「這樣更狠吧！」
「也曾經有人叫我惡魔。」
「夠了啦！」
看到艾莉卡氣喘吁吁的模樣，達也像是在思索艱深的哲學問題般歪過腦袋。
「看妳好像很累的樣子，不要緊嗎？」
「……達也同學，絕對有人說過你個性很差吧？」
「其實妳說的沒錯。」
「把至今的說法全部推翻了？」
艾莉卡垂頭喪氣。

◇　◇　◇

雖然花了一些工夫安撫，但達也還是勉強在周圍投以異樣的眼光之前，回到巡邏——艾莉卡則是參觀社團，或者說是看熱鬧——的崗位了。

而且，五分鐘就想回去了。

達也不得不承認自己低估過頭了——不過並不是刻意針對哪些人。

老實說，達也原本覺得沒什麼了不起，認為即使以「騷亂無比」來形容，終究只是高中的社團招生活動，然而事情可沒有這麼簡單。

原來如此，以這種狀況當然會需要取締，而且只有十個人左右巡邏還太少了。

填滿操場的攤位之間築起了一道人牆，位於人牆另一邊無法逃離的艾莉卡，不知道在喊些什麼。雖然她的身手相當靈活，卻似乎無法對抗人數的暴力……不過早早脫身決定作壁上觀的達也講出這種話，或許也沒什麼說服力吧。

但是以這種結果來說，並不表示達也的身手比艾莉卡矯健。因為和達也相比，把艾莉卡當成目標的社團多太多了。

達也的個頭以新生來說算是高的，不過真要說的話，從衣著看不出他真正的體格，乍看之下給人的感覺也很平凡，銳利的雙眼又不會很顯眼，加上他是二科生，所以幾乎沒有被勸於招生的社員當成目標。

另一方面，艾莉卡是非常搶眼的美少女。而且相較於深雪這種不要說出手，甚至連伸手觸摸都會令人猶豫的美少女，艾莉卡是即使知道會被燙傷，也令人忍不住想出手的美少女。

總歸來說——

現況就是艾莉卡被招生的社員們團團包圍了。

在這種時候，她是二科生的事實，並沒有造成任何阻礙（或許對於艾莉卡來說，應該是沒有派上任何用場）。

大概是為了當成社團的吉祥物，或者是當成對外宣傳的利器吧，以非魔法競賽類型的運動型社團為主，爭奪艾莉卡的戰鬥開始了。

把她當成中心包圍起來。

人牆深處究竟發生了什麼事——反正應該是抓住艾莉卡的肩膀、拉她手，或是從後方抱住，反覆進行著即使是同性也無法免於被判定是性騷擾行徑的獵物爭奪戰——達也看不出所以然。不過自從場中甚至出現類似殺氣的氣息，達也就明白現場已逐漸達到無法坐視的階段了。

不過話說回來，艾莉卡比想像中還有耐心。達也之所以獨自逃脫，換個說法就是對她見死不救，正是因為達也覺得她肯定很快就會以強硬方式掙脫出來。

如果只是略微鍛鍊的程度，沒辦法束縛住艾莉卡，達也對此深信不疑。將森崎手中CAD打到脫手的能耐，絕對不是一兩年就學得來。

直接朝艾莉卡進攻的是高年級女學生，終究沒有男學生敢不要臉地亂摸女生的身體。即使年長一兩歲，如果是女生的臂力，艾莉卡應該可以輕鬆掙脫——雖然達也如此預料，不過對方是力氣小的女生，似乎造成負面的效果了。艾莉卡遲遲無法下定決心使用強硬手段。

即使如此，也差不多該幫她脫困了。達也冒出這個想法的同時，聽到了這樣的聲音。

「等等，在摸哪裡啊？住…住手……！」

傳入耳中的聲音雖然魅力略顯不足，卻無疑是艾莉卡的驚呼聲。

看來真的演變成不能開玩笑的狀況了。

達也操作左手的ＣＡＤ，準備好魔法式之後猛踩地面。

地面微微晃動。不過他這一腳造成的振動若有似無。

這股振動強化了達也構築的魔法式，進一步提供了方向性。

光是這種來自腳底的振動，並不足以剝奪他人意識，達也無法使用如此強力的魔法。

不過身體從腳底晃動，使得圍成人牆的學生們，在自己未察覺的狀況下失去了平衡。

達也衝進人群。

被他手臂推開的高年級學生，一下子就跌坐在地上。

達也無視於性別推開眾人，沒花多少力氣就抵達人群的中心。

撥開只以女學生圍成的最後一道牆，

發現目標對象的身影之後——

達也就抓起她的手。

「跑吧！」

達也只有簡短說出這兩個字，就拉著艾莉卡的左手拔腿奔跑。

◇　◇　◇

不是強行撥開人群，而是宛如變魔術俐落鑽過人群後，達也成功逃到校舍暗處。

放開一直牽著的艾莉卡並且轉身一看，達也才首度察覺她的慘狀。頭髮完全被弄亂，外套一邊整個被扯歪，全新的制服到處都是皺摺，完全解開的領帶被她握在右手。

領帶被扯掉的制服胸口微微敞開。雖然剛才奔跑時肯定有用手按住，不過或許是剛好要整理衣服，艾莉卡微微彎腰。這個姿勢偶然為達也的視線開出一條通道。

「不准看！」

大概是艾莉卡視線一角看到達也雙腳，察覺到他已經轉過身來了。雖然艾莉卡間不容髮喊出這句話，不過在即將破口大罵之前，達也就已經把臉連同身體轉過去了。

「……你看到了？」

「…………」

艾莉卡如此詢問。從聲音很容易想像她臉頰已經羞紅。

不過這時候的達也，沒能立刻將答案說出口。

應該要回答沒看到。這肯定是比較明智的回答。

然而……

稍微經過日曬，卻依然留著原本白皙顏色的胸口。

明顯的鎖骨線條。

甚至是內衣罩杯的米白色蕾絲滾邊，都清清楚楚烙印在記憶裡。

「你．看．到．了？」

衣服摩擦的聲音靜止了，因此達也推定她應該整理好衣服了。

同時也從她語調的變化，理解到已經沒有猶豫的時間了。

既然這樣，至少應該挨她一招比較好。即使完全不是自己的責任，身為男性還是得展現這種程度的誠意才行。

——達也以逃避現實的心態如此思考（雖說如此，達也並不是完全沒有責任，至少必須為剛開始置之不理的態度負責），並且緩緩轉過身去。

幸好艾莉卡沒有出聲制止。如果轉過去又是衣服還沒整理好的光景，事態將會絕望到無法改善。看到艾莉卡上衣釦子完全扣好，領帶也已經重新打得筆挺，達也暗自鬆了口氣。仔細想想，如果上衣釦子一開始就全部扣好，或許就不會落得那種慘狀。解開最上面的釦子並且放鬆領帶，這種隨便的制服穿法，正是受害程度加重的原因吧？達也如此心想。

「看到了，對不起。」

但達也只是心想，並未說出口。看到眼角依然泛紅的臉蛋，他不可能講得出這種話。

艾莉卡揚起眼神一直瞪著達也，臉頰再度泛紅，可能是因為再度感到不好意思。緊握的拳頭微微顫抖，應該是忍受羞恥的表現。

「……笨蛋！」

手沒有打過來，取而代之的是小腿受到衝擊。

艾莉卡朝著達也的小腿骨狠踢一腳，然後轉過身去。

達也默默跟著快步離去的艾莉卡。

雖然達也沒有看到，不過艾莉卡眼裡肯定含著淚水。

他的小腿鍛鍊到足以承受橡木木刀揮砍的程度。

以鞋尖沒有補強的軟質鞋子踢下去，肯定是踢的人比較痛。但要是關心這一點，應該會遭受她進一步的追打吧。

對於艾莉卡不自然的腳步視而不見，這是達也頂多能做的事情。

◇　◇　◇

雖說整座操場擺滿攤位，不過終究只限於「操場」。各種專用的競技場，則是由平常使用場地的社團進行公開表演。

體育館也是如此。

兩人抵達時，通稱「競技場」的第二小型體育館，正在進行劍道社的表演。

──順帶一提，艾莉卡的情緒已經完全冷靜了。她也從一開始就察覺自己是在亂發脾氣，達也毫不辯解的處置也很有效果。只不過她只講了「好悶熱」就再度放鬆領帶，並且解開上衣的第一個釦子，難免覺得她似乎太早忘記剛才的激烈場面了。

兩人在小型體育館周圍三公尺高的迴廊所設置的觀戰區，低頭欣賞劍道社的表演。

「哦～……明明是魔法科高中，卻有劍道社啊。」

艾莉卡隨口輕聲說著。

「我覺得每所學校都有劍道社吧？」

達也同樣隨口如此詢問。或許這不叫做詢問，而是附和。

不過，艾莉卡就這樣打量他的臉好一陣子。

「……怎麼了？」

「……好意外。」

「意外什麼？」

「原來達也同學也有不知道的事情。

而且這明明是有練武的人大多知道的事情。」

聽到艾莉卡這番話，達也稍顯煩惱。

「我看起來有這麼地佯裝內行？」

「咦，不，沒這回事喔。

只是達也同學給人的感覺，就像是什麼事情都知道一樣。」

「就算妳說感覺……我和艾莉卡同樣是高一學生啊。

總之不追究了。不提這個，為什麼劍道社會稀奇？」

「說…說得也是，我們同樣是高一學生……雖然『同樣』這詞聽起來怪怪的……

呃～你是問劍道吧？

魔法師或是想成為魔法師的人，幾乎不會在高中時練劍道。

因為魔法師使用的不是『劍道』，而是劍與術式併用的『劍術』。

有很多孩子為了學習基本劍技，會練劍道練到小學左右。不過到了國中，將來想成為魔法師的孩子，幾乎都會轉練劍術。」

「喔，這樣啊……我一直以為劍道與劍術是相同的東西。」

「真的很意外。」

聽到達也這番話，艾莉卡打從心底感到驚訝。

「達也同學看起來明明在武術方面也有相當的造詣……

啊，原來是這樣！」

「怎麼了？」

艾莉卡忽然大喊，使得這次輪到達也驚訝於發生何事。

順帶一提，向忽然大喊的她行以注目禮的不只是達也，但艾莉卡自己沒有察覺，而是以寫著「明白了」的臉蛋與「舒坦了」的表情回答達也。

「達也同學，你認為武術理所當然要和魔法併用吧？不對，或許並不侷限於魔法，你認為以鬥氣或生命能量來配合體術，是天經地義的事情吧？」

「這是理所當然吧？因為控制身體動作的並不是只有肌肉。」

以達也的角度來看，艾莉卡所說的這番話很唐突，而且頗為落伍。

對於達也這樣的回答與反應，艾莉卡頻頻點頭。

「對於達也同學來說，或許是理所當然的事情。

但是對於普通的比賽者就不一樣了。」

「原來如此。」

雖然講法委婉，不過達也終於理解到己身觀念與大眾常識的差異了。

「話說回來，差不多該安靜參觀了吧？」

這次輪到達也讓艾莉卡理解到認知的差異了。沿著他另有含意移動的視線看去，艾莉卡總算察覺自己的音量引來了眾人的注目。

艾莉卡露出客套的笑容，然後默默讓視線落在下方區域。

正規社員的模擬比試頗有魄力。

其中最吸引人的，是女子組二年級的示範賽。

個頭以女性來說也不算高，體格與艾莉卡幾乎相當的一名女孩，即使對抗身材高大兩輪的男學生，依然可以略勝一籌。

不是以蠻力，而是以流暢華麗的技術卸下對方攻勢。

而且女孩看起來還有餘力。

她是非常適合模擬比試的耀眼劍士。達也如此心想。

觀眾的目光也幾乎被她的技巧吸引。

不過，在這時候也有例外。

而且就位於身旁。

就在這名女孩宛如套招般俐落拿下一局，並且行禮致意的同時——

身旁傳來一個不滿的哼聲。

「看來妳不太滿意的樣子。」

「咦？嗯……」

艾莉卡似乎沒有立刻發覺這個問題是在問她，隔了一陣子才如此回答。

「……因為，這樣好無聊。」

面對早就摸清底細而且實力差距的對手，按照預定計畫在觀眾面前贏得漂亮，這樣不叫做比試，叫做套招。」

「不，雖然妳說的沒錯，不過……」

達也的嘴角自然露出笑容。

「這是用來宣傳的示範賽，所以這麼做是理所當然吧？

雖然經常有人打著『專業武術家展現真功夫對決』為賣點，不過真正的真功夫對決，並不是展現給他人看的東西吧？

因為武術的真功夫對決，說穿了就是相互廝殺。」

「……這種說法真酷。」

「只是想法的差異吧？」

艾莉卡不太高興地撇過頭去。

不過她臉上的表情，比較像是在展現內心的怒火。

艾莉卡大概是把這種重視表面而忽略武術本質的套路解釋為欺騙，因而忿恨不平。

不過達也實際說出來之後，艾莉卡就更加鬧彆扭了。

雖然她應該不會忽然加入戰局，但有可能做出類似的事情。達也在發生這種事情之前，就催促著艾莉卡離開現場。

不，應該說原本想離開現場。

兩人走下觀戰區，正要到體育館出口時，身後傳來不同於招生吆喝的另一種喧囂聲。

雖然聽不清楚，不過可以確認是在起口角。

達也往旁邊一看，艾莉卡也抬頭看著他，而且雙眼因為好奇心而充滿期待。

結果是艾莉卡率先進入情緒逐漸高漲的人群，而且她手中緊抓著達也的衣袖。

達也就這樣被艾莉卡拖著，一起進入騷動的中心。

在引人反感的狀況之下撥開人群——之所以沒有造成衝突，大多仰賴艾莉卡客套笑容的威力——好不容易來到看得見狀況的位置之後，兩人目擊了——

男女劍士相互對峙的光景。

女方是直到剛才進行比試——以艾莉卡的說法是表演套招——的女學生。雖然身上還穿著護具，但已經取下面具了。是頗為標緻的美少女，黑色的中長直髮給人深刻的印象。那樣的技術與這張臉蛋，肯定是招生的最佳利器。

「嗯～達也同學喜歡那樣的女生？」

「不，艾莉卡比較可愛。」

「……你用這種平板的語氣回答，我一點都不會開心。」

雖然斜眼瞪過來，但她揚起視線的眼角還是染上一抹紅暈。

「因為我不習慣講這種話。」

「……真是的！」

雖然她還在低聲嘀咕，但總之沒有繼續追問了，所以達也接下來改為觀察男方。

個頭沒有很高——大概比達也矮——然而他的全身宛如彈簧般強韌。男方手裡拿著竹劍，但身上完全沒穿護具。

到底發生了什麼事？達也原本想隨便找個看熱鬧的學生打聽，不過沒這個必要了。

「桐原同學，還有一個多小時才輪到劍術社！為什麼不肯等到那個時候？」

「壬生，妳的態度真叫人遺憾。應付那種不成材的對手，應該沒辦法向新生展露劍道社首屈一指的實力，所以我才主動表示要幫忙啊。」

「應該是硬要前來找碴挑戰吧！

說什麼幫忙，真令人無言以對。

要是風紀委員會知道你對學長使用暴力，絕對不會只是你一個人的問題！」

「妳說暴力？

喂喂，壬生，別講得這麼難聽啊。

對方有穿護具，而且我只是用竹劍擊中對方的面具而已。

好歹也是劍道社的正規社員，不能因為這種程度就口吐白沫吧？

何況先動手的應該是你們啊。」

「還不是因為桐原同學在挑釁！」

手上的武器都已經指著對方，應該也用不著爭辯了——雖然達也如此心想，不過當事人的對話，正好回答了達也內心的疑問。

「事情變有趣了。」

艾莉卡以類似自言自語的語氣輕聲說著。

從聲音就聽得出她滿心期待。

「這下子，這場對決會比剛才的鬧劇有趣太多了。」

「妳認識他們兩人？」

「並非直接面識就是了。」

看她立刻就回答達也的詢問，這番話似乎不是自言自語。

「我剛剛回想起來，我曾經看過女方的比賽。

壬生紗耶香，在前年的劍道大賽國中女子組拿下全國亞軍。當時還被稱為美少女劍士或是劍道小町，引發過好一陣風潮。」

「……但她只是亞軍吧？」

「冠軍的問題在於……容貌。」

「原來如此。」

大眾媒體終究是這麼回事。

「男方叫做桐原武明。

他是前年關東劍術大賽國中組冠軍。

貨真價實的第一名。」

「沒參加全國大賽？」

「劍術的全國大賽是從高中開始舉辦。

因為參賽人數根本無法比擬。」

這麼說來確實如此——達也點頭回應。

劍術是以劍技與術式組成的競賽，所以「能使用魔法」就是參賽的前提。

魔法學的發達，使得魔法輔助機器的開發技術不斷進步，但即使如此，能夠發動實用級魔法的國高中生，在該年齡層的比例只有千分之一左右。

成年之後，依然能將魔法力維持在實用等級的人，甚至不到上述的十分之一。

在這所學校二科生被當成劣等生對待，但從全部人口的比例來看，他們同樣是菁英。

「喔，似乎要開始了。」

達也同樣感覺得到，緊繃的弦已經瀕臨極限了。

為了以防萬一，達也將塞在口袋的臂章戴在左手臂。旁邊的學生以驚訝的表情看向達也，發現達也左胸沒有徽章之後再度瞪大眼睛，但達也的意識集中在對峙的兩人身上。

女學生這邊，對於要攻擊沒穿護具的對手，她應該會有所猶豫吧。然而既然已經劍尖相對又不肯退讓，交劍是無法避免的結果。

大概會是男方——桐原先採取行動。

「壬生，妳不用擔心。這是劍道社的示範賽，我會配合你們不使用魔法。」

「你以為只靠劍技就能贏我嗎？只靠魔法的劍術社桐原同學，想要打贏專注磨練劍技至今的劍道社的我？」

「好大的口氣啊，壬生。
那我就讓妳見識一下吧。
見識我在這個超越身體能力極限的次元，切磋至今的劍術之劍技！」
這句話成為開打的暗號。
桐原冷不防就高舉竹劍，朝著沒戴面具的頭部砍下去。
竹劍與竹劍激烈交擊，發出響亮的聲音。
尖叫聲則是遲了兩拍才響起。
看熱鬧的學生們大概不曉得發生了什麼事情吧。
只能以竹劍互擊的聲音，以及偶爾帶著尖銳到近乎金屬聲響的怒吼聲，想像兩人交戰得有多麼激烈。
——只有少數人例外。
「女子劍道的等級真高。
如果那樣是亞軍，那麼冠軍到底多厲害？」
達也對於兩人的劍招，尤其是紗耶香的身手發出讚嘆。
「不對……
和我當年看到的壬生紗耶香，簡直判若兩人。

居然短短兩年就進步到這種程度……」

即使感到驚訝，艾莉卡依然釋放出某種像是暗中躍躍欲試的好戰氣息，並且如此細語。

雙方以武器互抵較勁，暫時停止動作，接著同時推開對方向後跳，藉以拉開間距。

有人喘了口氣，有人嘸了口氣。

看熱鬧的學生出現兩種反應。

「哪一邊會贏呢……」

艾莉卡壓低音量如此詢問。

「壬生學姊應該占上風。」

達也輕聲如此回答。

「理由是？」

「桐原學長一直避免攻擊對方臉部。

剛開始的第一招，是確認對方肯定接得住而施展的虛招。

背負著不能使用魔法的制約，能夠攻擊的部位又受到限制，雙方的實力差距，並沒有大到能讓他在這種狀況還能戰勝。

即使是公平的對決，如果只比竹劍的造詣，我也覺得壬生學姊略勝一籌。」

「我大致贊同。

不過，桐原學長有辦法就這樣忍耐到底嗎？」

雖然並不是聽到艾莉卡這句話，不過桐原在這場對決裡，首度發出咆哮進行突擊。

「唔喔喔喔喔喔！」

雙方從正面交鋒。

「平分秋色？」

「不，並不是勢均力敵。」

桐原的竹劍命中紗耶香的左上臂。

紗耶香的竹劍確實打入桐原的右肩。

「唔！」

桐原以左手架開紗耶香的竹劍，並且大幅向後飛退。

「因為在中途想要變更攻擊部位，所以一念之差輸了。」

「原來如此，難怪招式力道打了折扣。」

明明完全是打成平手的好機會……結果沒辦法狠下心來嗎？」

判斷勝負已定的不只是達也他們。

劍道社的眾人臉上浮現安心的表情。

不知何時走到圍觀人群最前排，身上道服與劍道社不同的一群人——劍術社的社員們，一副有苦難言的表情。

「如果是真劍就是致命傷了。你的攻擊只有傷到我的皮肉。率直認輸吧。」

紗耶香以英氣逼人的表情宣告勝利。

這番話令桐原表情扭曲。

紗耶香的指摘是正確的。即使情感上想要否認，身為劍士的意識或許還是認同了。

「哈…哈哈哈……」

忽然間，桐原發出空洞的笑聲。

認輸了？

看起來不像。

達也心中的危機感水位迅速升高。

持續與桐原對峙的紗耶香，應該更加直接感受到這股威脅吧。

她重新擺好架式，劍尖直指桐原，銳利的目光盯著對方不放。

「如果是真劍？

我的身體沒被砍傷啊。

壬生，妳希望用真功夫對決？

既然這樣……我就如妳所願，用真劍來應付妳吧！」

桐原右手放開竹劍，並且按在左手腕上。

圍觀人群裡響起尖叫聲。

宛如刮玻璃的刺耳噪音，使得觀眾摀住耳朵。

也有人臉色蒼白跪了下去。

桐原一個箭步拉近間距，只以左手舉起竹劍往下揮。

即使速度足夠，單手揮劍的力道也不會和剛才一樣強勁。

然而紗耶香沒有硬接這一招，而是大幅往後跳。

這一劍沒有命中。

頂多只是稍微擦過。

然而，紗耶香的護具卻出現一道細縫。是竹劍擦過劃出的痕跡。

竹劍之所以鋒利得宛如真劍，是因為賦予了振動系的近戰魔法「高頻刃」。

「怎麼樣，壬生，這就是真劍！」

單手劍再度朝紗耶香砍下。

達也擋在桐原的面前了。

在即將衝進戰場時，達也將安裝ＣＡＤ的雙手稍微交叉，朝裝置輸入想子。

細細注入想子流，腦中浮現以想子之指敲打ＣＡＤ按鍵的意象。
藉由非接觸型介面（NCT），操控ＣＡＤ輸出啟動式。
在間不容髮的局勢之中，達也直接釋放複雜形態的想子波動——也就是無系統魔法。
這次，圍觀群眾接連有人摀住嘴。
近似暈車的症狀迅速連鎖蔓延。
相對的，刺耳的高頻聲音消失了。
桐原的竹劍與達也的手臂交會。
並沒有響起竹劍打中肉體的聲音。
而是響起某種物體摔到木質地板的聲音。
從聲音與搖晃中得到解脫，終於有餘力確認發生什麼事的圍觀人群，看見了這一幕。
挨了過肩摔的桐原，身體被翻過來俯臥在地面，達也則是抓住他的左手腕，並且以膝蓋壓住他的肩頭。

◇◇◇

小型體育館——「競技場」的這股寂靜，被蘊含惡意的細語聲打破。

「那個傢伙是誰？」「完全沒看過。」「是新生吧？」「看，是雜草二科生。」「遞補的還這麼出風頭？」「不過那個臂章是……」「這麼說來，我聽說二科的新生被選為風紀委員了。」「真的假的，雜草二科生當風紀委員？」

騷動的氣氛，以劍術社所在的位置為中心擴張。

細語聲沒有男女之別。

群眾圍成的人牆，有一半朝達也投以不友善的視線。

另一半就只是屏息以對。

在強大的排擠氣氛迎面而來的狀況下，達也就這麼壓制著桐原，取出行動終端裝置的通話元件。他若無其事的表情，至少就外表看來不像是在逞強。展現出來的這股風範，有點像是慣於被喝倒采的反派角色。

「——這裡是第二小型體育館。逮捕一名學生。該學生負傷，為求謹慎請帶擔架。」

雖然並沒有拉高音量，但達也的聲音傳到人牆的外緣。

停頓片刻，意識理解到話中含意的同時，最前排的一名劍術社社員連忙朝達也怒吼。

「喂，這是怎麼回事？」

大概是內心有所動搖，這個問題沒什麼意義。不，或許這不是質詢，而是恫嚇。

「由於不正當使用魔法，要請桐原學長和我們走一趟。」

對於這樣的怒吼，達也以禮貌的語氣作答——只不過，達也的視線依然固定在壓制的桐原身上，連頭都沒有抬起來，所以即使語氣禮貌，態度也稱不上符合禮儀。

換個角度來解釋，就是瞧不起對方。

這名劍術社的高年級學生也是如此解釋。

「喂，你這小子開什麼玩笑！明明只是遞補的雜草！」

他伸手要抓達也的衣領。

達也放開桐原的手，就這麼壓低重心宛如滑步般退後。

下半身站直之後，觀察著依然倒在地上的桐原。

大概是被摔時來不及採取護身倒法，桐原的意識看似處於朦朧狀態，這麼一來，就不用擔心他會逃走了。做出了這個判斷之後，達也總算將目光投向剛才咄咄逼人（現在也是如此）的高年級學生。

看起來不把對方當成一回事的這種態度，使得與達也對峙的劍術社社員咬牙切齒，宛如隨時會聽到臼齒軋軋作響的聲音。

「為什麼只有桐原？劍道社的壬生也同罪吧？打架的雙方都要負責啊！」

人群之中有人放聲支援。聲援對象當然是桐原，以及剛才想抓住達也衣領的劍術社社員，這番話同時也是對於達也的責難。

對於這樣的指控，達也以平靜的語氣再度禮貌回答：

「剛才我有說明過，逮捕原因是不正當使用魔法。」

別管這種意見不就好了……艾莉卡無言以對，而且她所擔心的事就在眼前發生了。

「胡扯！」

完全動怒的高年級學生再度伸手抓向達也。

達也宛如鬥牛士翻身閃躲他的手——這種做法就像是火上加油。

接著對方握拳打過來，但達也依然躲開了。

這名劍術社社員惱羞成怒接連出拳，然而他不僅是空手格鬥的外行人，而且處於憤怒狀態，因此動作非常粗糙，即使不是達也應該也能輕鬆閃躲。

達也以輕盈的步法持續閃躲大動作的揮拳，替換彼此的位置。就在高年級學生持續揮空而疲憊停下腳步，而達也配合對方一起停下腳步的這個時候——

人群之中，第二名劍術社社員從後方撲向達也。

看他雙手微伸向前的姿勢，應該是想從後方架住達也。

就在艾莉卡想開口提醒危險，意念即將化為言語時——

達也的身體迅速旋轉。

伸出的手臂劃出弧線，將對方想要抱過來的身體往前送。

劍術社社員乙衝向劍術社社員甲，兩人撞成一團狠狠摔倒在地。

寂靜再度造訪。

競技場的喧囂聲消失了。鴉雀無聲。

但若將擬態詞化為實際聲音，達也與艾莉卡應該會聽見「噗嘰」這個響亮的聲音。

下一瞬間——

劍術社社員一起攻向達也。

場中響起尖叫聲。

除了劍術社社員——不只是觀眾，連劍道社社員都害怕受到波及一哄而散。

其中只有一個人，只有可說是這場騷動起因的紗耶香，作勢要衝進混戰的人群，大概是想要協助達也吧。

「慢著，壬生。」

然而，同為劍道社的三年級男社員，抓住她的手制止她了。

「啊，司主將……」

紗耶香在瞬間想要抵抗，但認出是誰抓住她後，紗耶香就乖乖被拉著離開現場了。

她的臉上滿是愧疚之意，然而即使如此，她還是沒有甩掉這名三年級學生——劍道社男子組主將司甲的手。

紗耶香被男子組主將拉著手離開混戰現場。另一方面，達也則是成為戰場焦點，迎擊著劍術社社員。

不過雖說是迎擊，但達也並沒有向他們反擊，而是架開或躲開所有攻擊，和這些花冠一科生持續周旋。

達也的身手與其說是華麗，更適合以穩健或確實來形容。來自前後左右接連進攻的高年級學生，就像是完全被看清攻擊順序，達也只以最小幅度的動作應付。並沒有刻意耍帥以毫釐之差閃躲，而是好整以暇安全閃躲。對於無法閃躲的連環包抄，就以假動作引誘對方打到自己人；對於進逼而來的人牆，則是以弧形步法繞到外側。即使有十幾個人聯手進攻，劍術社別說是阻止達也的動作，甚至無法擾亂達也的呼吸。

達也臉上沒有絲毫的慌張與動搖，展現行雲流水毫無窒礙的身手。劍術社的花冠一科生已經無可否認理解到一件事，這名傲慢的一年級雜草二科生之所以沒有反擊，並不是因為無法反擊，而是因為沒必要反擊。

人群後方，怒火攻心的劍術社社員，企圖向達也使用魔法。

接連亮起的過剩想子光，代表啟動式已經展開，對方正準備使出魔法。

然而，魔法並沒有發動。

只要達也投以視線，對方就會感受到搖晃，引發類似暈車的嘔吐感，沒能成為魔法式的想子聚合體也跟著消散在虛空之中。

劍術社的社員們露出百思不得其解的表情，嘴裡不斷咒罵藉以宣洩情緒，繼續試著抓住或攻擊達也卻徒勞無功。

紗耶香直到最後都沒有察覺，男子組主將深感興趣地注視著這幅光景。

〈待續〉

後記

初次見面，各位好，我是佐島勤。非常感謝各位閱讀本作品。

成為我出道作品的這部《魔法科高中的劣等生》，原本是從西元二〇〇八年十月開始，以連載方式在網路小說投稿網站所發表的作品，後來再經過潤飾修正而成。完全基於興趣撰寫的這部作品，有幸能像這樣付梓出版，契機在於投稿網站站長寄給我的一封電子郵件。

站長表示收到ASCII MEDIA WORKS出版社的一封郵件，並且轉寄給我，內容則是邀請我以出版為前提進行討論。

老實說，我懷疑自己是否看錯了。

娛樂小說是我最大的興趣，我非常喜歡閱讀與撰寫這樣的小說。所以我從以前就想以娛樂小說作家的身分，在名為書籍的舞台發表作品。在沒有出頭天的白領階級生活之中，也曾經爭取空閒時間撰寫小說，投稿出版社的新人賞。不過我個人認定這部《魔法科高中的劣等生》，是只限於業餘作家在自由的網路平台才得以發表的作品。我還記得當時還以置身事外的態度，質疑知名出版社要經手這部作品，是一種過於冒險的決定。

其實前文所提到投稿參賽的目標，就是ASCII MEDIA WORKS出版社所舉辦的第十六屆電擊小說大賞，而且這部參賽作品一下子就落選了。如果各位容許我不認輸進行辯解，其實那部作品原本的字數超過參賽規定的一半，是經過強行壓縮之後，連我自己都覺得「處理得不太自然」的成品，所以我能夠接受落選的結果。「這個世界無法順心如意」是我在白領階級生活所獲得的少數有益的教訓之一。

不過，人生偶爾也會遇到「順心如意到出乎預料」的事情。接見我的電擊文庫編輯（雖然可能沒必要匿名，不過請容我按照慣例（？）稱為M大人），和我進行一段寒暄與閒聊之後，問我是不是寫《××××》的「××××」先生，令我打從心底嚇了一跳。因為投稿參加電擊小說大賞的作品，和本部作品有部分設定共通，卻是風格完全不同的科幻小說，而且參賽筆名也是以借代字將西方名字改為日文標記而成。看來是因為湊巧記得我的落選作品，在網路閱讀這部作品時感應到「這個設定似曾相識」，因而主動提出這次的合作計畫。

對於原本免費的作品變成商業作品會有什麼結果，M大人似乎也有所猶疑，並且在首度討論這個計畫時，相當在意網路讀者的想法。我也不是沒有考慮過這方面的事情。不過在經濟長期不景氣，公司業績惡化而限制職員加班，白領生活處於逆境的狀況之下，我曾經有過「要是沒有另外找個副業會很辛苦，不過這樣就沒時間寫小說了」的想法。所以能夠繼續撰寫這部作品，是我求之不得的事情。

雖然這個世界真的無法順心如意，但偶爾還是會發生好事＝幸運的事情。至於這樣的幸運，當然來自於提議出版的Ｍ大人，以及在網路設置發表作品的舞台，於本次出版過程也提供各方面協助的投稿網站「成為小說作家吧」的站務人員們。至於最重要的，當然是至今支援本作品的各位讀者。謹在此致上我最高的謝意。

此外，我還要感謝本次榮幸邀請撰寫推薦文的川原老師、為這部作品增添龐大附加價值的插畫家石田大人、設計機械的ストーン大人、為插圖配色的末永大人，以及其他參與本書製作的所有相關人員。

而且最重要的，能夠讓這部作品，讓這本書現在位於各位讀者的手中，我要由衷感謝這樣的幸運。我會努力讓這份幸運不只侷限於這次，在下一集也能繼續為各位讀者獻上後續劇情，所以今後也請各位多多指教。

（佐島　勤）

姍姍來遲的超級強作

川原 礫

責任編輯M大人表示希望我撰寫那部《魔法科高中的劣等生》的推薦文時，我興奮到立刻回答「我要寫我要寫，我要寫兩萬張稿紙那麼多」，不過坐在電腦前面後，就覺得自己實在是放肆又傲慢……我並沒有撰寫推薦文或說明文的格局，所以請各位讀者當作附錄專欄來閱讀。

繼這樣的引言之後忽然講起私事令我倍感惶恐，不過在下川原礫在電擊文庫首度出版作品，是二〇〇九年二月的事情。當時，業餘作家在網路媒體發表的小說，就這麼改為商業作品出版的例子（以青少年文庫來說）幾乎前所未有。不過這兩年來，各出版社已經發行許多起源於網路的作品，感覺網路小說已經完全為世人接受。如今電擊文庫在萬全準備之下隆重推出的作品，就是這部《魔法科高中的劣等生》（以下簡稱為《魔法科》）。

我想各位讀者應該已經知道，《魔法科》是在小說投稿網站「成為小說作家吧」於二〇〇八年十月開始連載，在二〇一一年三月完結的大長篇作品。它不只是在人氣排行榜長期占據第一名寶座，點閱次數更是達到三千多萬（！）這個非比尋常的數字。

受到如此熱烈支持的《魔法科》，以多少篇幅都不足以詳細說明箇中魅力，不過總括來說，我認為這可說是部將「網路小說特有的脫序風格」有效發揮得淋漓盡致的作品。

假設《魔法科》是當成參加新人獎的作品來撰寫，那麼其中以精細到執拗的設定構築而成的魔法理論，或是一開始就接連登場點綴作品的許多角色，都會因為要符合參賽規定的字數而被迫大幅省略。但網路小說唯一的限制只有「作者的極限」。無論要把設定寫得再怎麼龐大、要讓再多的角色登場、或是要把劇情仔細鋪陳得多麼細膩，都可以任憑作者隨心所欲自由發揮。

這樣當然大幅跳脫了商業作品的走向。能將這樣的脫序成功轉換成魅力，依照我個人看法，唯一的要素就是「量」，也就是作品的字數。剛才有提到「作者的極限」，作品的格局越大，就越難持之以恆撰寫下去。因為網路小說作者的寫作動力，只來自讀者們的感想（一開始甚至連這個都沒有……）。將創作的熱情化為能量，致力於跳脫既有走向持續寫作，才能讓筆下的作品展現閃亮的魅力。

《魔法科》正是突破這樣的極限展翅高飛的罕見作品。作者佐島勤大人兩年半所寫下的總字數，幾乎超越所有職業作家的寫作效率。從商業文庫版本進入《魔法科》世界的各位讀者，請期待本作品今後不斷延伸的美妙世界。

雖然至此寫了一長串正經八百的文章，不過《魔法科》這部作品脫序魅力的極致，我確信肯定是深雪對哥哥那份超越界線的愛戀，以及達也強到沒有極限的無敵風範！本次得到石田可奈大人美麗的插圖助陣，達也變得更加出色耀眼，深雪肯定會出現更加失控的舉動，我想到這裡就對續集期待得無以復加。

從網路小說界姍姍來遲的超級強作，這就是《魔法科高中的劣等生》。

©KAZUMA KAMACHI 2010

Kadokawa Light Novels

魔法禁書目錄 1~22 待續

Kadokawa Fantastic Novels

作者：鎌池和馬　插畫：灰村キヨタカ

第三次世界大戰，
與世界將面臨的結局是？

羅馬正教的暗部「神之右席」最後一人右方之火，他所一手策劃的「計畫」終於啟動。第三次世界大戰下的俄羅斯上空，飄浮著一座巨大要塞「伯利恆之星」。右方之火稱之為「淨化」的謀略正在蠢蠢欲動，三名少年則懷抱著各自的信念繼續戰鬥……

各 **NT$180~220/HK$50~60**

台湾角川

Kadokawa Light Novels

偶像總愛被吐嘈！ 1 待續

Kadokawa Fantastic Novels

作者：サイトーマサト　插畫：魚

超人氣偶像聲優以發言耍笨為己任！
新感覺吐嘈喜劇在此揭幕!!

高中生常村良人有天突然被強拉進某間播音室中。身在那裡的人，是良人相當喜歡的聲優音無圓。錯把良人當成特別來賓的她，硬是讓良人一同主持了廣播節目。經過這件事良人才明白，自己心儀的聲優並不如想像般溫順，但……？

台湾角川

NT$190/HK$50

國家圖書館出版品預行編目資料

魔法科高中的劣等生. 1, 入學篇 /
佐島勤作 ; 哈泥蛙譯. —— 初版. —— 臺北市 :
臺灣國際角川, 2012.03— 冊 ; 公分
——(Kadokawa fantastic novels) ——

譯自：魔法科高校の劣等生. 1 ,入学編
ISBN 978-986-287-608-4（平裝）

861.57 101002245

Kadokawa
Fantastic
Novels

魔法科高中的劣等生 1
入學篇<上>

（原著名：魔法科高校の劣等生1 入学編<上>）

2012年3月31日 初版第1刷發行
2022年3月15日 初版第13刷發行

作者：佐島 勤
插畫：石田可奈
日版設計：BEE-PEE
譯者：哈泥蛙

發行人：岩崎剛人
總編輯：蔡佩芬
編輯：黎夢萍
美術設計：黃永漢
印務：李明修（主任）、張加恩（主任）、張凱棋

發行所：台灣角川股份有限公司
地址：104台北市中山區松江路223號3樓
電話：（02）2515-3000
傳真：（02）2515-0033
網址：www.kadokawa.com.tw
劃撥帳戶：台灣角川股份有限公司
劃撥帳號：19487412
法律顧問：有澤法律事務所
製版：巨茂科技印刷有限公司
ISBN：978-986-287-608-4